KB196403

열세 살에 히어로는 무리지만

IJIMENI PANCHI! : ATASHINO SHOGAKKO LIFE SAIGONO TATAKAI

written by Shinichi Kurono, illustrated by Miho Satake

Text © Shinichi Kurono 2023

Illustration © Miho Satake 2023

All rights reserved.

First published in Japan by Rironsha Corporation, Tokyo.

This Korean edition is published by arrangement with Rironsha Corporation, Tokyo

in care of Tuttle-Mori Agency, Inc., Tokyo, through AMO AGENCY, Korea.

이 책의 한국어판 저작권은 AMO를 통해 저작권사와 독점 계약한 한빛미디어(주)에 있습니다.

저작권법에 의하여 한국 내에서 보호를 받는 저작물이므로 무단 전재와 복제를 금합니다.

열세 살에 히어로는 무리지만

구로노 신이치 글 사타케 미호 그림 이미향 옮김

IB 한빛에듀

목차

1
우리 가족의 새로운 생활

있잖아, 애들아, 내 얘기 좀 들어 볼래?

나는 지금 엄청 외딴 시골에 살아. 어, 시골이란 말은 좀 그런가? 지방이라고 부르는 게 더 나을까? 아니다, 왠지 난 시골이란 표현이 확 와닿아서 더 좋은 것 같아. 이곳을 딱히 깔보거나 그런 건 아니야. 그냥 도시의 정반대라는 거지.

여기에는 높은 빌딩이나 지하철도 없고, 기차역도 딱 하나밖에 없어. 수학여행을 가거나 드라이브할 때나 볼 수 있었던 산에 둘러싸여 있어서 마치 산속에 들어와 살고 있는 느낌이야.

참, 미안. 내가 누군지 모르지? 이제부터 내 소개를 할게.

안녕, 나는 '구로키 유즈하'라고 해. 초등학교 6학년. 외동딸이야.

왜 이런 이름을 갖게 되었는지 말해 줄게. 처음에 아빠가 내 이름을 '유즈'로 지으려고 했어. 그런데 마침 같은 시기에 같은 성을 가진 친척이 딸을 낳아서 '유즈'란 이름을 먼저 붙였지 뭐야? 아주 간발의 차이였다 하더라고. 그래서 그 아이와 헷갈릴까 봐 하는 수 없이 '유즈하'로 바꿨대. 나야 뭐 유즈보다 유즈하가 더 마음에 들어서 전혀 상관없어. 이름이야 아무려면 어때.

음…… 어디서부터 이야기를 시작할까? 맞아! 우리 가족은 작년까지 도쿄에 살았고 아빠는 마루노우치에 있는 은행에서 근무했어. 이렇게 말하면 어른들은 "와, 대단하네."라든가 "아빠가 엘리트시네." 같은 식으로 반응하지만 전혀 그렇지 않아. 사실 아빠는 건망증이 심하고, 지저분하게 먹고, 거의 매일 밤 술에 취해 있거든. 술에 절어 중얼거릴 땐 대체 무슨 소리를 하는 건지 통 알 수가 없어.

우리 엄마는 한마디로 쉽게 싫증 내는 성격이야. 헬스

장이나 꽃꽂이 학원 같은 곳을 다녀도 얼마 안 가 금방 그 만두곤 하지. 집 근처 회사에서 파트타임으로 일했을 때도 겨우 사흘 만에 포기하더라고. 하루 종일 앉아서 일하는 게 건강에 안 좋다나 어떻다나.

아무튼 우리 가족은 이렇게 세 명이야. 우리 가족이 왜 이 깊은 산속으로 이사를 왔냐면, 바로 여기에 할아버지의 집이 있기 때문이야. 할머니는 내가 태어나기 전에 돌아가셨다는데, 얼마 전 할아버지마저 병으로 세상을 떠나셨거든. 할아버지는 자신이 운영하시던 슈퍼를 아빠가 계속 이어서 해 주기를 바란다고 유언을 남기셨대.

마루노우치의 은행원에서 갑자기 시골 슈퍼 주인이 된다니 너무 아깝다고 충고하는 사람도 많았지만, 아빠는 할아버지의 유언을 존중해야 한다며 냉큼 은행을 그만뒀어. 사실은 은행에서 근무해도 더 이상 승진할 가망이 없다는 걸 스스로 잘 알고 있었을 거야.

엄마는 시골로 이사하는 걸 싫어할 줄 알았는데, 의외로 "뭐 어쩔 수 없지." 하며 바로 승낙했어. 싫증 잘 내는 엄마답게 "슬슬 도쿄에 질려 가던 참이었거든."이라면서.

이사하는 걸 가장 반대했던 사람은 나였어. 반 친구들

하고 헤어지기 싫었고 대도시의 삶에 그런대로 만족하고 있었으니까. 근데 뭐, 어차피 내년에 중학생이 되면 반 친구들과 뿔뿔이 흩어질 테고, 도시 생활이 마음에 들긴 해도 사람들이 많이 붐비는 곳이나 만원 지하철 같은 곳은 딱 질색이거든. 가끔 학원 끝나고 집에 올 때 무섭게 생기거나 위험해 보이는 사람하고 길에서 맞닥뜨려 깜짝 놀란 적도 있고 말이야. 이런 여러 가지 상황을 고려해서 결국 나도 부모님 뜻을 따르기로 했지. 애당초 어른들이 내린 결정을 어린 내가 싫다고 해 봤자 무슨 소용이겠어?

여름 방학 때 할아버지 집을 몇 번 방문한 적이 있어. 잠시 머물러서인지 그땐 정말 아무것도 없는 곳이구나 싶었어. 그래도 집 근처 개울가에서 헤엄치고, 장수풍뎅이나 딱정벌레를 잡고, 주변 이웃의 불평 따위 신경 쓰지 않고 화려한 불꽃놀이를 할 수 있어서 나름 재미있었던 것 같아. 정작 살아 보면 어떨지는 또 모르지.

이런 불안과 기대가 뒤섞인 복잡한 기분으로 6학년 1학기 말에 이곳 다테시로로 이사 와서 살게 되었어.

이사하던 날, 아빠가 운전하는 차 뒷좌석에 앉아서 몸을 돌린 채 뒤창으로 바깥 풍경을 바라보고 있었어. 혼잡

한 거리와 도로, 고층 빌딩이 점점 작아지더니 어느덧 푸른 숲이 우거진 산이나 논밭으로 바뀌며 전혀 다른 세계가 쫙 펼쳐지기 시작했어. 도시 외곽에서나 볼 수 있는 대형 생활용품점 같은 것들도 나타나고 말이야. 그걸 보니 갑자기 코끝이 찡해지더라고.

아아, 나는 이제 도시 사람이 아니구나. 안녕, 도쿄! 안녕, 우리 동네! 안녕, 내 고향! 어른이 되어서나 다시 돌아갈지 모르겠네.

그런 감상도 잠시, 할아버지 집에 도착한 후 우린 너무 바빠졌어. 할아버지의 유품이 하나도 정리가 안 되어 있더라고. 가게도 문을 계속 닫아 둔 탓에 오랫동안 방치돼서 상하거나 유통 기한이 지난 식품이 가득했어. 덕분에 이사 오자마자 물건 정리하느라 나도 녹초가 돼 버렸지. 대충 정리했는데도 꼬박 10일이 걸렸다니까.

가장 먼저 지쳐 떨어져 나갈 줄 알았던 엄마가 의외로 열심이었어! 쓰레기도 후다닥 처리하고, 업자에게 연락해서 할아버지 유품도 바로 정리해 넘겼지. 반면에 아빠는 허둥대기만 했어. 아빠한텐 미안하지만, 은행에서 승진 못 하는 게 어쩌면 당연하단 생각이 들었을 정도야.

여름 방학이 끝나 갈 무렵이 되어서야 슈퍼는 그럭저럭 모양새를 갖추고 다시 문을 열었어. 근데 손님이 별로 없는 거야. 그나마 나이 드신 분들이 가끔 오시는데 물건을 아주 조금씩만 구입하시더라고. 들고 가기 무겁다면서 말이야. 이래 가지고 돈을 벌 수 있을지 슬슬 걱정되기 시작했어.

그렇긴 해도 가게에 오신 손님들은 무척 기뻐하셨지. "드디어 영업을 시작하셨네요. 기다리고 있었어요." 하며 눈물을 글썽이는 사람도 있었다니까. 아빠의 말에 따르면, 이 지역 노인분들에게는 우리 가게가 꼭 필요하대. 이 주변에 가게라곤 우리 집밖에 없거든. 역 앞에 큰 슈퍼가 있긴 하지만 그쪽으로 가는 버스 노선이 없어서 차를 몰고 가야 한대. 그런데 운전을 못 하시는 노인분들이 많아서, 우리 가게가 다시 문 열기 전까지 다들 무척 힘들게 물건을 구하셨나 봐.

우리 가게는 프랜차이즈(무슨 뜻인지 나도 잘 모르지만)가 아니라 개인이 경영하는 슈퍼라 뭐든 우리가 다 알아서 해야 한대. 나는 상품 진열이나 쇼핑 바구니 정리, 배달 등을 돕고 엄마는 계산대 담당이야. 가족 모두가 협력해서 일하는 게 마음에 들어. 도쿄에서는 세 사람이 각자 따로 자기 생활만 했거든.

엄마는 이전처럼 "이제 질렸어."라고 투덜거리진 않아. 엄마가 질려 버리면 나나 아빠가 엄마의 일을 대신 해야 하니까 그래선 안 된다는 걸 엄마도 잘 아는 거지. 이제 막 가게를 시작한 터라 돈을 많이 벌지 못해서 아르바이트생을 구할 수도 없는 노릇이고.

가게 일 중 가장 재미있는 건 배달이야. 아빠가 배달용으로 사용할 전기 자전거를 사 줬는데, 바퀴 크기가 50센티미터 정도라서 초등학생도 탈 수 있어. 최고 파워로 올리면 가파른 경사 길도 문제없지.

다행히 나는 자전거 타는 걸 너무너무 좋아하는 데다, 식품을 주문해 주시는 할머니와 할아버지 들 모두가 다정하셔. 내가 자전거를 타고 영차, 영차, 산길을 올라가면 눈을 반짝이시며 "아이고, 정말 고맙다! 가게 일도 돕고 참 착하네." 하며 감격하시곤 하지. 도쿄에 살 때는 다른 사람한테 고맙다는 소리를 거의 들어 본 적이 없어서 그런 말을 들을 때마다 너무 기뻐. 누군가를 돕는 건 참 기분 좋은 일 같아. 물건을 배달하면서 할머니와 할아버지

들을 여럿 알게 되었는데, 이곳이 도쿄였다면 절대 경험할 수 없는 일이었겠지.

아차……. 어쩌다 보니 이러쿵저러쿵 별의별 얘기를 다 해 버렸네. 뭐? 시골, 시골 하면서 무시하더니 의외로 꽤 마음에 들어 하는 것 같다고?

응, 맞아. 여름 방학이 끝날 때까지는 그랬던 것 같아. 자기소개를 하다 보니 이야기가 너무 길어졌지만 이제부터가 본론이야. 우리 가족…… 특히 나는 새로운 학교에서 2학기를 시작하자마자 성가신 사건에 휘말리게 되었거든.

2
자그마한 학교의
커다란 문제

2학기부터 나는 우리 집에서 작은 산 너머에 있는 다테시로 초등학교에 다니게 되었어. 나는 6학년 1반으로 배정되었는데, 사실 반이 하나뿐이더라고. 반 학생은 나를 포함해서 아홉 명이 전부. '엄청 적다!' 싶었지만, 저학년 반들은 더 심각하더라고. 1, 2학년은 합반이었는데 학생 수가 모두 네 명이라고 해서 깜짝 놀랐어. 아빠는 "젊은 사람 수가 해마다 줄어들어서 그런 거 아닐까?"라고 말했어.

우리 반에서 처음 자기소개를 할 때 반 친구들이 "쟤 뭐야?" 하는 눈으로 다들 나를 빤히 쳐다보더라고. 뭐 그럴 만도 하지. 대도시인 도쿄에서 뭐 하러 굳이 이런 산골 마을로 이사 왔을까 하는 의구심이 들지 않겠어?

자기소개를 마친 후 곧바로 수학 시험을 쳤는데, 내 성적이 반에서 제일 좋았어. 담임인 요코가와 선생님이 "역시 도쿄에서 학교 다닌 학생이라 그런지 공부를 잘하네." 하셔서 조금 낯간지럽긴 했지만. 게다가 그다음 체육 시간 때 달리기 경주에서 남학생을 제치고 1등으로 들어왔더니 반 아이들이 나를 보는 눈빛이 확 달라지더라고. 쉬는 시간이 되자 여학생들 대부분이 내 주변으로 몰려와서 이것저것 질문하던걸.

나는 애써 아무렇지도 않은 척 대답했지만 속으로는 '야호!' 하고 소리 질렀어. 행여 반에서 소외되거나 괴롭힘 당하지 않을까 무척 걱정했거든. 일단 그런 염려는 안 해도 되겠다고 생각하니 갑자기 눈앞에 꽃밭이 쫙 펼쳐진 느낌이었어!

솔직히 조금 두려웠어. 도쿄에 있을 때 나는 엄청 평범한 아이였거든. 도쿄가 교육 수준이 높아서 그런지 거기서는 성적도 중간쯤이었고, 체육도 달리기 정도만 잘했지 구기 종목은 정말 못했어. 농구를 하다가 우리 편 패스를 얼굴로 받기도 하고, 축구할 땐 헛발질로 벌러덩 자빠지기 일쑤였거든. 도쿄의 초등학교에서 나는 눈에 별로 띄지 않는 존재였지.

그랬던 내가 여기서는 완전 히어로처럼 돼 버렸다니까? 나는 언제 내 정체가 들통날지 몰라 조마조마해하면서 히어로 행세를 하느라 안간힘을 썼지.

그러던 어느 날 점심시간, 우리 반 반장인 무라야마 미키가 자기 친구 둘을 데리고 내 자리로 와서 이렇게 속삭이더라.

"잠깐 얘기 좀 할 수 있을까? 다른 학생들이 들으면 안 되니까 밖에서."

우리 네 명은 실내화를 갈아 신고 학교 건물 뒤편 한적한 곳으로 갔어.

무라야마가 주위를 살피면서 물었어.

"우리 반에 왕따가 있다는 건 이미 알지?"

뭐? 전혀 눈치 못 챘는데. 난 아직 새로운 학교생활에 적응하느라 정신없어서 반 친구들을 한 명 한 명 자세히 살펴볼 여유가 없었어.

무라야마의 말에 따르면 따돌림을 주도하는 학생은 고

토 겐타라는 몸집이 작고 약간 포동포동한 남학생이라는
데, 의외였어. 다른 사람을 못살게 굴 타입으로 보이진 않
았거든.

"그 고토가……?"

내가 중얼거리자 아이들이 의아하다는 표정을 지었어.

"고토라고 성으로 부르지 않아도 돼."

"그래? 이전 학교에서는 남녀 모두 성으로 불렀는데."

"내 이름도 무라야마라고 부를 필요 없어. 미키라고 하
면 돼."

하긴 이전 학교에서도 친한 친구는 성이 아닌 이름으로
불렸으니까.

"꼬겐타의 아빠는 이 지역 유지야."

"꼬겐타?"

"응. 몸집이 꼬맹이처럼 작아서 별명이 꼬겐타야."

이렇게 말하며 미키는 풋 하고 웃음을 터뜨렸어. 다른
두 여학생도 피식 웃더라고.

꼬겐타의 아빠는 이 지역에서 유명한 부동산 회사 '고
토 개발'의 사장이래. 우리랑은 상관없는 어른들 일이라
'그게 왜?' 싶었는데, 그게 그렇게 간단한 문제가 아닌가

봐. 다테시로는 작은 마을이라 주민들은 모두 어떤 형태로든 꼬겐타 아빠의 회사와 관련이 있다는 거야.

"그래서 어른들한테 말해도 소용없어. 선생님도 도움이 안 되고. 고토 집안을 나쁘게 말하는 건 금기시돼 있거든."

그럼 어쩔 수 없는 거 아닌가?

"하지만 학교에서 따돌림을 당하는 학생이 있다는 걸 알고도 지켜보기만 하는 건 옳지 않다고 생각해. 그래서 어떻게든 해 보고 싶어."

갑자기 나한테 이런 상담을 하다니. 난 아직 전학 온 지 일주일밖에 안 지났다고!

"유즈……라고 불러도 되지? 유즈는 믿음직해 보여서."

나는 마음속으로 외쳤어. '전혀 그렇지 않아. 사실 나는 소심한 보통 아이인걸!' 역시 히어로 행세 같은 건 하는 게 아니었어. 원래대로 평범하게 살걸 그랬다고.

"하지만 반에 다른 남학생들도 있잖아. 남학생 문제는 남학생들한테 맡기는 게 어때?"

내 말에 미키가 코끝을 찡그리며 고개를 절레절레 흔들더라.

"남학생들은 도움이 안 돼. 누구도 꼬겐타한테 반항하지 못하니까."

어른도 안 돼. 선생님도 안 돼, 남학생들도 안 돼. 그래서 나한테 도움을 요청하러 왔단 말이야? 그게 말이 되나? 게다가 난 아직 꼬겐타가 누군가를 괴롭히는 모습도 본 적이 없는데, '꼬겐타 이 녀석, 절대 용서할 수 없어!' 이런 감정이 들 리 없잖아.

나는 조금 더 상황을 지켜보겠다고 답했어. 그러자 미키와 그 친구들은 답답하다는 표정을 지으면서도 어쩔 수 없다는 듯이 대꾸했어.

"그건 그래. 이제 막 전학 왔는데 난데없이 이런 말 들으면 당황스럽지. 그럼 이제부터라도 꼬겐타의 행동을 유심히 살펴봐."

"알았어."

"꼬겐타가 주로 괴롭히는 대상은 시키시마 가오리라는 애야."

시키시마 가오리? 누구더라? 쉬는 시간마다 내 주변으로 모여드는 미키 무리에 속하지 않는 애라서 그런가 잘 기억나질 않네.

아무튼 그렇게 해서 우리는 다시 교실로 돌아왔고, 곧바로 5교시 수업이 시작됐어. 요코가와 선생님이 칠판에 이것저것 적고 있을 때, 앞자리에 앉은 미키가 뒤돌아보더니 내 팔을 툭툭 치는 거야. 미키가 턱으로 가리킨 곳을 바라보니 열심히 필기 중인 시키시마 가오리가 있었어.

가오리의 바로 뒷자리에는 꼬겐타가 앉아 있었는데, 히쭉거리면서 팔을 뻗었다가 다시 움츠리기를 반복하고 있더라고. 뭐 하나 싶어서 자세히 보니 꼬겐타가 손에 샤프를 들고 있는 거야. 설마 저 샤프 끝으로 가오리의 등을 찌르고 있는 거야? 너무해! 가오리는 아프지도 않나?

가오리는 등을 비비 꼬면서도 무표정한 표정으로 노트 필기를 하고 있었어. 그래, 역시 아픈 모양이야. 근데 표정도 바꾸지 않고 당하고만 있다니. 나라면 바로 뒤돌아서 "그만해!" 하고 째려볼 텐데.

아무렇지도 않은 척 대응하는 가오리의 옆얼굴이 꽤 예쁘다는 걸 알았어. 그 얼굴을 앞에서 똑바로 보고 싶다고 생각할 즈음, 시선을 느꼈는지 가오리가 갑자기 나를 바라봤어. 나는 당황해서 칠판으로 급히 시선을 옮겼는데, 언뜻 본 가오리의 정면 얼굴도 참 예쁘더라고.

나중에 미키한테 들어 보니 가오리도 초등학교 5학년 때 다테시로로 이사 온 전학생이래. 아빠가 없는 한 부모 가정이고 엄마는 술집에서 일하는데, 그 사실을 안 꼬겐타가 가오리를 놀리기 시작한 거야. 그때부터 가오리의 실내화를 감추거나 교과서에 낙서를 하며 괴롭힌다고 미키가 알려 줬어.

　어린애도 아니고 그게 무슨 짓이람? 도쿄에서 다니던 학교에는 6학년씩이나 돼서 그런 짓을 하는 남학생은 한 명도 없었는데.

　자, 이제부터 우리 반 전체의 분위기를 이해하는 데 도움이 되도록 반 친구들을 소개할게. 나를 제외하면 여덟 명밖에 안 되니까 기억하기 쉽겠지?

3
히어로 노릇은 무리야

꼬겐타와 가오리, 미키에 관해서는 이미 대충 알겠지만 조금 더 덧붙여 볼게.

미키는 햇볕에 그을린 피부색에 성격이 발랄해서인지 반장에 딱 어울리는 그런 스타일이야. 미키와 함께 꼬겐타의 만행을 알려 준 마에다 유리와 마쓰사카 레이나는 평범한 여학생들이지. 유리는 야윈 체형이고 레이나는 살짝 통통한데 둘이 어딘가 닮았어. 왜 그럴까 하고 이리저리 생각해 봤는데 둘 다 표정 변화가 별로 없고 말수도 적은…… 한마디로 무슨 생각을 하는지 잘 모르겠는 부분이 똑 닮았어.

근데 의외로 주변에 이런 애들 많지 않아? 가족이나 친척 앞에서는 반짝반짝하는 눈빛으로 떠드는데, 학교에 오자마자 존재감이 확 사라지는 애들. 그러고 보니 나도 도쿄에 있을 때 아마도 이런 느낌이 아니었을까 싶어. 지금과 달리 반에서 중요한 위치에 있지도 않았으니까. 아, 그리고 꼬겐타에게 괴롭힘당하는 가오리는 앞에서 말했듯 아주 예쁘게 생겼어. 그리고 좀 고고한 느낌?

여학생은 나를 포함해서 이렇게 다섯 명이야. 다음으로 남학생들을 소개할게.

우선 꼬겐타는 키가 작고 다리가 짧아. 가느다란 눈에 얼굴형은 아랫볼이 불룩한 참외 같은 모양이지. 머리는 바닷가에 널브러져 있는 시꺼멓고 퍼석퍼석한 미역 같은 곱슬머리야. 일부러 짓궂게 말하려는 게 아니야. 진짜 이런 느낌이라니까.

다음은 사카이 아키토. 몸은 마른 편이고 뻐드렁니가 있어. 눈은 눈초리가 치켜 올라간 모양이지. 이 남학생은 완벽한 꼬겐타의 졸병, 아니 복사판이야. 왜냐면 꼬겐타가 누군가를 향해 "바보!"라든지 "못생겼어." 하고 놀리면 쪼르륵 달려와 꼬겐타 옆에 딱 붙어서는 "바보!", "못생겼어." 하고 그대로 따라 하거든. 마치 구관조처럼.

이런 애들을 뭐라 그러더라? '호랑이의 졸개 노릇을 하는 여우'라고 해야 하나? 꼬겐타가 뒤에서 자기를 든든히 받쳐 주니까 구관조 노릇이나 하는 한심한 녀석이지. 한번은 꼬겐타가 감기에 걸려 결석한 적이 있는데, 늘 꼬겐타와 함께 왁자지껄하게 떠들던 사카이 아키토가 그날은 마치 꿔다 놓은 보릿자루처럼 조용한 거야. 아, 이게 아키토의 본모습이구나 싶더라고.

다음은 고지마 유조인데, 얘도 꼬겐타와 같은 패거리이지만 사카이 아키토와는 조금 달라. 일종의 보디가드라고 할까? 키는 나보다 크고……. 아참, 나는 키가 무척 커서 이전 학교에서도 반 친구들 중 제일 컸어. 그런 나를 제치고 지금 반에서 가장 큰 학생이 고지마 유조야. 키뿐 아니라 덩치도 엄청나. 럭비나 유도 같은 운동을 한다고 해도 믿길 정도라니까. 겉으로 보기엔 초등학교 6학년이 아니라 중학교 3학년이라고 해도 이상하지 않을 몸집이야.

마지막은 고가네이 쇼인데, 네 명밖에 없는 우리 반 남학생 중 유일하게 꼬겐타 패거리에 속하지 않은 정상적인 아이라고 할 수 있어. 그 때문에 남학생들 사이에서 소외

당하긴 하지만, 여학생들과도 섞이지 않는 고고한 타입이지. 그런 점에서 시키시마 가오리와 닮았다고 볼 수 있겠네. 가오리도 반 친구들하고 거의 어울리지 않거든.

반 친구들 소개를 마쳤으니 본론으로 돌아가 볼게.
가오리가 꼬겐타에게 유치한 괴롭힘을 당하고 있다는 얘기까지 했지? 그런데 가오리는 샤프 끝으로 등을 콕콕 찔려도, 이상한 별명으로 놀림을 받아도, 한결같이 무반응으로 일관하고 있어.
나도 처음에는 왜 가만히 있나 싶었어. 나 같으면 "하지 마!" 하고 소리치며 째려보기라도 했을 텐데. 그런데 지금 생각해 보면 가오리의 행동이 이해가 가더라고. 하지 말라고 말해서 그만둘 녀석이었다면 그렇게 하겠지만, 말해도 듣지 않는 경우에는 무반응이라는 무기로 싸우는 수밖에. 비명을 지르거나 울거나 하면 상대는 재미있어서 점점 더 심각한 장난을 치며 괴롭힐 테니까.
꼬겐타는 참 끈질기단 말이야. 가오리가 어떻게 반응하는지 보고 싶어서 못 견디겠나 봐. 어느 날 꼬겐타는 새로운 방법으로 가오리를 괴롭히기 시작했어.

그 얘기를 하기 전에, 먼저 우리 학교 규칙에 관해 알려 줄게. 너희 학교에서는 체육 시간 전 쉬는 시간에 옷을 갈아입을 때 어떻게 해? 내가 도쿄에서 학교 다닐 때에는 3학년까지는 남녀 모두 교실에서 함께 갈아입고, 4학년 이상은 남녀가 따로 갈아입었어. 여학생들이 먼저 교실에서 갈아입는 동안 남학생들은 복도에서 대기하다가 교대하는 식으로 말이야.

근데 이 다테시로 초등학교에서는 학년에 상관없이 남녀가 함께 옷을 갈아입더라고. 처음에는 너무 싫었는데, 미키가 아무렇지도 않은 듯 치마를 벗어 던지는 걸 보고 나도 다른 학생들 뒤에 숨어서 주섬주섬 갈아입었지. 그런데 예외가 한 명 있었는데 그게 바로 시키시마 가오리야.

가오리는 얼굴만 예쁜 게 아니라 멋 부리는 데에도 관심이 많아. 표범 무늬 치마바지라든지 캐릭터를 그려 넣은 네일 아트, 머리 꼭대기에 커다란 리본으로 묶은 말총머리 모양 등 정말 멋지게 꾸미고 다녀. 이처럼 외모에 신경을 쓰는 가오리이다 보니, 꼬겐타 패거리가 보는 앞에서는 절대로 옷을 갈아입기 싫었겠지. 그래서 체육 수업

전에 눈에 띄지 않게 조용히 화장실로 가서 체육복으로 갈아입곤 했나 봐.

그날도 가오리는 늘 그랬듯 체육 시간 전에 체육복을 가지고 화장실로 향했어. 그런데 좀처럼 돌아오지 않는 거야. 다른 여학생들은 체육복으로 다 갈아입고 운동장으로 나갈 준비를 마쳤지만, 어쩔 수 없이 가오리를 기다리기로 했지. 그런데 평소 같으면 체육복으로 갈아입자마자 운동장으로 뛰어나갔을 꼬겐타 패거리가 히죽거리면서 웬일로 교실에 계속 남아 있는 거야.

가오리는 체육 수업이 시작하기 직전에 교실로 돌아왔는데, 체육복으로 갈아입지 않은 평상복 차림이더라고. 나중에 안 사실이지만, 여자 화장실 입구 문에 자물쇠가 채워져 있어서 안에 들어갈 수가 없었대. 하는 수 없이 마음 놓고 옷을 갈아입을 만한 곳을 찾아 교내 여기저기를 기웃거렸지만 결국 찾지 못했다고 해.

"체육 수업 곧 시작해. 빨리 옷 갈아입어."

미키가 가오리에게 재촉하듯이 말하더라. 뭐 반장이니까 당연히 그렇게 말해야겠지. 가오리는 한숨을 푹 쉬고는 결심한 듯 남학생들 눈을 의식하면서 옷을 벗기 시작했어.

"앗, 쟤 아기 곰 팬티 입었다!"

교실에 울려 퍼진 꼬겐타의 목소리에 가오리의 뺨이 순식간에 새빨갛게 달아올랐어. 성숙한 느낌의 패션을 즐기는 가오리가 아기 곰 캐릭터가 그려진 팬티를 입은 건 분명 의외였지만, 이런 건 보고도 못 본 척해 주는 게 예의 아니겠니? 특히 남학생이라면 더더욱 그래야지. 하기야 꼬겐타한테 이런 상식이 통할 리가 없지.

"쟤 아기 곰 팬티 입었다!"

역시나 사카이 아키토가 꼬겐타의 말을 그대로 따라 했어. 가오리는 하반신을 가린 채 그대로 바닥에 쭈그리고 앉아 버렸어.

"제발 좀 그만해."

미키가 눈썹을 치켜올리면서 소리치더니 가오리를 감싸듯 꼬겐타 패거리 앞을 가로막고 섰어. '과연 반장이다!' 싶었지.

"뭐라고?"

꼬겐타가 위협적으로 나오자 아키토도 "뭐라고?" 하며 소리치더니 꼬겐타 옆에 찰싹 붙었어. 두 사람 뒤에는 머리 하나 정도 더 큰 고지마 유조가 눈을 부라리고 있었고.

"뭐? 불만 있냐?"

"뭐? 불만 있냐?"

"옷 갈아입어야 하니까 남학생들은 교실에서 나가 줄래?"

미키가 말했어.

"싫은데. 아기 곰 팬티가 나가면 되지. 늘 그렇게 해 왔 잖아."

이것도 나중에 안 사실이지만, 여학생 화장실 문에 자 물쇠를 채워 놓은 건 역시나 꼬겐타 패거리였어.

"아기 곰 팬티, 빨리 갈아입어. 다들 기다리잖아!"

"아기 곰 팬티, 빨리 갈아입어. 다들 기다리잖아!"

어린아이나 할 법한 유치한 괴롭힘이지만, 당하는 쪽 은 웃으면서 받아넘길 수 있는 문제가 아니지. 가엾게도 가오리는 쪼그린 자세로 눈을 아래로 내리깔고 꼼짝도 못 하는 상황이 되었어.

그때 돌연 드르륵하는 소리와 함께 교실 미닫이문이 열 렸는데, 고가네이 쇼였어. 쇼는 혼자서 먼저 운동장에 나 가 있었는데, 다른 학생들이 나타나지 않아서 다시 교실로 돌아온 거야.

쇼는 속옷 차림으로 쪼그리고 있는 가오리를 보자마자 교실에서 무슨 일이 일어나고 있는지 단번에 알아차린 것 같았어. 쇼는 아무것도 보지 못했다는 듯 미닫이문을 닫고 다시 나가 버렸어.

어휴, 반에서 유일하게 정상인 남학생도 도움이 안 되는구나…….

여전히 쪼그리고 앉아 있는 가오리. 교실 구석에서 어쩔 줄 몰라 하고 있는 유리와 레이나. 우리를 버려두고 간 쇼. 아군이 없는 상황에서 미키 혼자 남자 셋을 상대로 고군분투하고 있었어. 응? 잠깐, 아군이 없는 상황이라고?

미키가 나를 향해 도움을 요청하는 눈빛을 보냈어.

맞다, 내가 있잖아. 나는 이 반의 히어로였지? 잊고 있었네. 하지만 사실 난 히어로도 뭐도 아닌 평범한 여학생일 뿐이야. 오히려 겁쟁이라고 할 수 있지. 만약 도쿄에서 학교 다닐 때 같은 일이 일어났다면 나는 유리나 레이나처럼 교실 구석에서 벌벌 떨고 있었을지도 몰라. 그렇지만…….

나는 크게 심호흡하고 미키 옆에 가서 섰어.

"넌 또 뭐냐? 비엔나소시지."

나에게 시선을 돌린 꼬겐타가 말했어. 비엔나소시지? 뭔 소리야? 지금 나보고 비엔나소시지라고 한 거야? 나 참, 내 모습 어디가 비엔나소시지란 거야? 물론 다리는 조금 굵은 편이지만, 그래도 비엔나소시지는 너무하잖아?

"비엔나소시지라니?"

낮은 목소리로 내가 물었어.

"아닌가? 그럼 프랑크 소시지? 아니다, 돼지 등심이다. 돼지 등심. 킥킥킥! 여기에 돼지 등심이 있어요! 빨리 체포해 주세요."

돼지 등심, 돼지 등심 하며 꼬겐타와 아키토가 입을 맞춰 소리 지르기 시작했어. 녀석들 하는 짓이 너무 유치해서 반격할 의욕조차 안 생겼지. 도대체 남학생들은 왜 이렇게 바보 같을까?

이대로라면 아무것도 해결되지 않을 텐데 어떻게 해야 하나 고민하던 그때, 또다시 미닫이문이 열렸어. 쇼가 체육 담당인 도바시 선생님을 모시고 교실로 되돌아온 거야.

"야, 너희 지금 뭐 하는 거야? 곧 수업 시작할 텐데 빨리 운동장으로 나와.”

이때 도바시 선생님에게 다가가는 어떤 그림자가 있었는데 바로 가오리였어. 벗기 시작했던 옷을 어느새 다시 입고 있더라고. 작은 목소리로 가오리가 말했어.

“선생님, 몸이 좀 안 좋은데 보건실 가도 될까요?”

“그래? 그거 큰일이네. 반장, 시키시마 좀 보건실에 데려다줄래?”

하지만 가오리는 고개를 크게 가로젓더라고.

“괜찮습니다. 혼자 갈 수 있어요.”

가오리는 자기를 지켜보던 우리에게 눈길도 주지 않고 서둘러 교실에서 나갔어.

4
별일
아니라고?

그날 이후 가오리의 별명은 '아기 곰 팬티'로 바뀌었어. 정말이지 너무 유치한 거 아니야? 게다가 나는 '돼지 등심'으로 불리게 돼 버렸지 뭐야? 결국 내가 이곳에 처음 전학 올 때 걱정했던 대로 날 괴롭히는 거야. 설마설마하던 최악의 사태가 벌어졌지 뭐야.

"너 우에하타 슈퍼의 돼지 등심이지? 엄청 촌구석에 사네."

꼬겐타는 이런 말을 하며 나를 바보 취급해. 물론 내가 사는 우에하타는 산에서 내려온 사슴이 집 주변에 둘러 심은 산울타리를 먹기도 하고, 원숭이가 밭을 훼손하고 다닐 만큼 다테시로에서 꽤 먼 외딴곳인 건 맞아. 너구리한테 물리지 않도록 조심하라는 마을 안내문까지 날아오는 곳이니까. 그렇다고 꼬겐타한테 그런 소리를 듣는 건 좀 억울해. 나는 불과 얼마 전까지만 해도 미나토구에서 살던 사람이라고. 미나토구에 비하면 다테시로의 번화가 같은 건 석기 시대 수준에도 못 미치거든! 아, 이런. 너무 흥분했다. 방금 한 말은 취소할게.

"돼지 등심이 고기를 팔고 있다니, 동족상잔 아니냐? 킥킥킥."

도대체 무슨 소리를 하는 거야. 꼬겐타의 어휘력은 어쩜 그리 엉망일까? 이게 어떻게 동족상잔이야? 말이 되는 소리를 좀 해야지.

하지만 꼬겐타의 주요 타깃은 역시 내가 아니라 가오리인 것 같아. 가오리는 여전히 꼬겐타의 괴롭힘에 무반응으로 대응하고 있지만, 사실은 무척 괴롭지 않을까?

미키는 아무 소용 없다고 했지만, 아무래도 어른에게 상담을 요청하는 편이 좋을 것 같았어.

그러던 어느 날. 요코가와 담임 선생님과 단둘이 만날 기회가 생겼어. 방과 후에 반 아이들은 모두 하교하고 나만 남아서 개인 면담을 하게 됐거든.

요코가와 선생님은 정년을 앞둔 여자 선생님인데, 온화한 분위기에 키는 작은 편이고 동그란 안경을 쓰고 계셔.

요코가와 선생님은 내가 전학 온 이후 반에 잘 적응하고 있는지, 친구는 사귀었는지 등 여러 가지 질문을 하셨어. 이런 좋은 기회를 놓칠 수 없잖아? 나는 우리 반에서 벌어지고 있는 왕따 문제에 관해서 말씀드렸어.

내 이야기를 들은 선생님은 한숨을 쉬시더니, "하긴, 고토 군이 워낙 천방지축이라 반 친구들이 힘들긴 할 거야."라고 하셨어. 사실 그때까지만 해도 나는 선생님이 우리 반 왕따 문제에 대해 진지하게 생각하고 올바른 조치를 취해 주실 거라 기대했거든. 그런데 다음 순간 선생님이 하신 말씀을 듣고는 크게 실망하고 말았지.

"신경 안 쓰면 되는 거야. 무슨 소리를 듣더라도 그냥 흘려버리렴."

엥? 그러니까 그 말은 꼬겐타한테서 심한 소리 듣더라도 저항하지 말라는 거잖아?

"걔는 원래 그런 애니까. 어릴 때부터 그랬거든."

물론 도쿄에서 학교를 다닐 때에도 수업 중에 교실을

뛰어다니거나 괴성을 지르거나 하는 애들은 있었어. 그때마다 선생님들은 그 애들한테 따끔하게 주의를 주곤 하셨지.

"그렇지만 가오리에게 심한 말을 자주 하는데요? 샤프 끝으로 등을 쿡쿡 찌르기도 하고요."

나는 필사적으로 호소했어.

"장난치는 거잖아. 때린다든지 발로 찬다든지 하는 폭력을 행사하는 건 아니지 않니?"

그건 그렇지만…… 샤프 끝도 꽤 아픈데.

내가 무슨 말을 해도 선생님은 "별일 아니야." 하고 얼버무리며 더 이상 들으려고 하지 않으셨어. 미키가 선생님한테 일러바쳐도 소용없다고 했던 이유를 그때 알았다니까. 이런 걸 두고 '호박에 침주기'라고 하나? 그래, 그 속담이 딱 맞는 것 같아. 그렇다고 부모님께 상담하자니 그것도 좀 꺼려지긴 해. 괜히 걱정 끼치고 싶지 않으니까.

결국 왕따 문제는 아무것도 해결되지 못한 채 면담이 끝나 버렸어.

이건 가오리나 나만의 문제가 아니라 우리 반 전체의 문제야. 미키의 말에 따르면 가오리가 전학 오기 전에는 유리나 레이나가 꼬겐타 무리의 타깃이었다고 하더라고. 그럼 언제 또 다른 애가 당할지 모르잖아.

그리고 여학생들만 괴롭힘을 당하고 있는 것 같지만, 반 친구들과 잘 어울리지 않는 쇼에게도 무슨 일이 있었던 건 아닌지 미키한테 물어봤어.

"사실 쇼도 나와 같은 반장이야."

어? 그건 전혀 눈치채지 못했는데. 하긴 반장은 남녀가 각각 한 명씩 맡는다고 했지. 이전에는 쇼가 반에서 반장 역할을 했었다고 해.

"성적도 반에서 최고고 운동도 워낙 잘하니까 꼬겐타도 쇼한테는 함부로 하지 못했거든."

반이 하나뿐이라 꼬겐타와 쇼 그리고 미키 무리는 초등학교 1학년 때부터 계속 같은 반이었고, 쇼는 3학년 3학기(대부분의 일본 학교는 1년이 3학기로 운영됨)까지 반장이었대.

"4학년 1학기 때 유조가 전학 오기 전까지는 그랬었지."

고지마 유조도 전학생이었구나…….

"근데 유조는 쇼가 아니라 꼬겐타 쪽으로 붙어 버린 거야."

그렇게 말하면서 미키는 눈살을 찌푸렸어. 걔는 대체 왜 한심한 꼬겐타 쪽을 택한 걸까? 꼬겐타의 졸개 노릇을 하지 않아도 힘으로 충분히 우두머리가 될 수 있었을 텐데. 고개를 갸웃거리고 있자 미키가 한숨을 푹 쉬더니 이유를 알려 주었어.

"유조 아빠는 꼬겐타 아빠의 회사에 다니시거든. 유조라는 힘센 친구가 생기니 꼬겐타는 더 이상 무서울 게 없어지고 자신감도 충만해졌던 것 같아. 게다가 평소 거의 말이 없고 눈에 띄지 않던 아키토까지도 꼬겐타 옆에 딱 붙어 버렸어. 그때부터 녀석들은 뭐든 하고 싶은 대로 다 하기 시작했지."

꼬겐타는 요즘엔 주로 가오리를 못살게 굴고 있지만, 당시에는 유리와 레이나를 괴롭혔다고 하더라고.

"이상한 건, 꼬겐타가 저학년일 때도 물론 산만하긴 했지만 그때는 지금처럼 으스대거나 그러진 않았거든. 뭐든 다 잘했던 쇼의 기세에 눌려 있었기 때문만은 아니야. 그 녀석 원래는 겁이 많은 성격이었다니까."

"유조가 자기편이 돼서 이제 무서운 게 없어진 거 아닐까?"

내가 묻자 미키가 답했어.

"음, 그럴 수도 있겠지만 그게 다는 아닌 것 같아. 언젠가 꼬겐타가 유리한테 심한 짓을 해서 유리가 운 적이 있었거든. 그때 쇼가 꼬겐타한테 사과하라고 말하니까 유조가 꼬겐타를 감싸듯 앞으로 나섰어."

"그래서 어떻게 됐어?"

"꼬겐타와 달리 유조는 말이 거의 없는 편이지만 일단 덩치가 크니까 힘이 세 보이잖아. 쇼하고 유조는 말없이 서로를 잠시 째려보다가 쇼가 '비켜 줘.'라고 한마디 했는데, 유조는 바위처럼 그 자리에서 꿈쩍도 하지 않더라고. 그래서 쇼가 다시 한번 '비켜. 고토에게 할 얘기가 있어. 너는 상관없잖아.'라고 말하고는 유조를 옆으로 밀치려다가 그만 둘 사이에 의도치 않게 몸싸움이 일어나는 바람에⋯⋯."

어이쿠. 최악의 전개네. 미키가 당시의 상황을 몸짓으로 보여 줬어.

"유조가 팔을 이렇게 팍 쳐 냈더니⋯⋯ 쇼의 몸이 붕 떠서 날아가 버린 거야. 그러고는 바닥에 엉덩방아를 찧고 거꾸로 구르면서 자빠졌어. 다치진 않았지만, 그 순간 쇼는 그야말로 전의를 상실해 버렸지. 그때부터였어. 쇼가 지금처럼 돼 버린 건. 정의감이 투철하고 말도 잘하고 늘 반을 이끌어 가던 존재였는데. 요즘은 말하는 걸 거의 본 적이 없고 반 친구들 중 누구와도 어울리려고 하지 않아."

그래서 미키는 몇 번이나 쇼의 기운을 북돋아 주려고 애썼다고 해.

"하지만 효과는 없었어. 쇼는 원래의 모습으로 되돌아오지 않았고, 지금 우리 반은 최악의 상황이야. 유즈, 어떻게 방법이 없을까?"

미키는 그렇게 말하더니 갑자기 내 팔을 잡고 마구 흔들어 대는 거 있지? 하지만 그렇다고 해서 내가 해결할 수 있는 상황이 아니잖아? 선생님은 보고도 못 본 척하고, 믿었던 쇼는 자기만의 세계에 틀어박혀 있고, 유조를 상대할 수 있는 사람은 아무도 없고, 멍청한 짓을 주도하는 꼬겐타는 전혀 바뀔 조짐이 안 보이고. 그야말로 최최최악의 상황인걸.

나도 돼지 등심이라고 불리며 바보 취급을 당하고 있긴 하지만, 꼬겐타나 아키토 같은 녀석들이 원래 그렇다고 생각하면 사실 그다지 마음 아프지도 않아. 가오리도 분명 이런 식으로 자신을 타이르고 있겠지.

역시 요코가와 선생님 말이 맞는 걸까? 별일 아니니까 신경 안 쓰면 된다는 건 상당히 현실적인 대처법이니까.

5
옛날이나
지금이나

　살짝 화제를 바꾸자면, 어느 날 TV로 NBA 경기를 보고 있었는데(NBA라는 건 미국 프로 농구 리그를 말해) 마침 이런 내 생각을 뒷받침할 만한 플레이가 나온 적이 있었어. 어떤 선수가 슛을 하려고 점프한 순간 상대 선수가 팔꿈치로 그 선수의 얼굴을 가격한 거야. 그 행동은 다분히 고의적이었지만 심판은 반칙으로 판단하지 않았어. 심판이 그 장면을 못 본 걸까? 아니면 미국 리그는 너무 과격해서 그 정도는 반칙이라고 여기지 않는 걸까?

　하지만 점프한 선수는 상대의 팔꿈치 공격 같은 건 아랑곳하지 않고 화끈한 덩크 슛을 성공시켰지! 그런 다음

43

어떻게 행동했는지 알아? 나는 당연히 심판한테 가서 항의할 거라 예상했지만 그렇지 않았어. 그 선수는 자기 양 볼을 찰싹찰싹 내려치더니 "워!" 하고 주먹을 불끈 쥐며 승리의 포즈를 취했어. 그러고는 아무 일 없었다는 듯 코트를 내달렸지.

"그 정도로는 난 끄떡도 안 해! 그보다, 봤냐? 내 화려한 숏. 멋지게 들어갔지?" 하는 그 선수의 목소리가 들려오는 듯했어. 맞아, 정말 멋졌다니까! 그때 나는 바로 이거다 싶었지.

꼬겐타! 네 녀석이 나한테 돼지 등심이라고 백번 말해도 난 신경 쓰지 않아! 끄떡도 안 한다고. 네 입술 근육만 피곤해질 뿐이야.

그날 점심시간, 나는 가오리에게 다가가 보기로 했어. 나와 같은 방식으로 꼬겐타와 싸우고 있는 것 같아서 동질감 같은 게 느껴졌거든.

마침 꼬겐타 무리가 가오리의 책상 위에 죽은 벌레를 집어 던지고는 시시덕거리며 운동장으로 나가던 참이었어. 가오리는 전혀 동요하지 않는 표정으로 휴지를 꺼내

벌레를 집어 들고는 휴지통에 버리더라고.

그 모습을 쭉 지켜보던 나는 문득 가오리와 눈이 마주쳤어. 그런데 가오리는 흥, 하고 고개를 돌려 버리는 거야. 나는 그저 '저 녀석들은 진짜 왜 저 모양일까?'라는 식의 대화를 가오리와 나누고 싶었을 뿐인데. 가오리의 반응은 솔직히 충격이었어.

가오리는 미간을 찌푸리더니 낮은 목소리로 물었어.

"왜 웃고 있는 거야?"

웃고 있다고? 난 웃은 적 없는데. 꼬겐타 무리가 바보라는 걸 가오리와 공유하고 싶었을 뿐인데. 잠깐만, 혹시 내가 같은 무리라고 착각한 걸까?

"나는 그냥……."

내가 이유를 설명하려고 하자, 가오리는 휙 하고 옆으로 돌아서더니 어디론가 가 버렸어.

"쟤 좀 이상하다니깐."

어느새 내 옆으로 다가온 유리가 멀어지는 가오리를 턱으로 가리키며 말했어. "역시 쟨 우리랑은 달라." 하며 레이나도 내 곁으로 다가와서 유리를 거들더라고.

유리와 레이나는 '가오리는 특이하니까 꼬겐타의 타깃

이 될 수밖에 없다'고 믿는 듯했어. 둘 다 '그렇지?' 하는 눈빛으로 나를 바라보는데, 순간 나도 모르게 그렇다고 인정할 뻔했지 뭐야.

아니야, 아니야! 나쁜 건 우리와 다른 가오리가 아니라 가오리를 괴롭히는 꼬겐타 무리잖아! 이런 식이면 우리도 가오리를 괴롭히는 거나 마찬가지라고.

하지만 유리와 레이나의 마음도 어느 정도 이해는 가. 나도 도쿄에서 학교를 다닐 때였다면 아마 두 사람의 의견에 동의했을 거야. 소심했으니까. 그 당시엔 나도 어쩌다 누군가가 따돌림당하는 걸 보더라도 당할 만하니까 당하는 거겠지 하며 못 본 척했거든.

어쨌거나 솔직히 좀 속상했어. 내가 모처럼 가오리한테 다정하게 다가갔는데 딱 잘라 거절당했으니까.

마음이 좀처럼 진정되지 않아서 푸념이라도 늘어놓으려고 미즈하라 할머니 집에 들렀어. 70세가 넘은 미즈하라 할머니는 거동이 불편하셔서 내가 늘 식품이나 생활용품을 배달해 드리고 있거든. 내가 배달을 가면 할머니는 늘 음료수나 과자를 대접해 주시곤 해. '이제 이곳 생활에 익숙해졌니?' 같은 질문도 해 주시고 말이야. 그리고 다른 어른들처럼 일방적으로 설교하듯 말씀하시는 게 아니라, 언제나 쌩글쌩글 웃으시며 내 이야기에 귀 기울여 주셔. 그런 할머니라서 안심하고 내 이야기를 할 수 있어. 부모님한테 말 못 할 일까지 말이야.

나는 우리 반에서 일어나는 일들에 관해 할머니께 다 설명해 드렸어. 물론 친구들 이름은 쏙 빼고 말이야. 할머니는 "이런, 거참 심각하네." 하시며 전혀 심각해 보이지 않는 표정으로 말씀하시더라고.

"할머니의 어린 시절은 어떠셨어요? 그때도 지금처럼 왕따 같은 게 있었나요?"

"물론 있었지."

할머니는 차를 후루룩 들이켜곤 말을 이어 가셨어.

"하지만 따돌림을 주도하는 아이보다 더 무서운 건 바로 선생님이었어. 그 당시 선생님은 친구를 따돌리는 건 나쁘지만 당하는 쪽도 나쁘다고 하셨지. 특히 남학생들한테는 '친구가 괴롭히거든 너도 그 친구를 괴롭혀. 반격하지 않으니까 계속 괴롭힘을 당하는 거야. 그런 식이면 어른이 돼도 살아남을 수 없어.'라는 식으로 늘 부추기곤 하셨어."

우아, 남학생들은 힘들었겠다.

"그리고 깜박 잊고 숙제를 안 해 오면 물을 가득 채운 양동이를 양손으로 들고 복도에 서 있게 하셨단다."

이건 진짜 왕따를 주도하는 애보다 더 무섭다고 해야 할지 심하다고 해야 할지. 누구나 어떤 일을 깜박 잊어버릴 수도 있는 건데 그런 벌을 주다니 믿을 수가 없더라. 선생님도 사람이니 깜박하실 수 있잖아? 그럼 선생님도 학생들처럼 양동이 들고 복도에 서 있으시려나? 그렇지 않으면 불공평하잖아.

할머니는 또 선생님에 관한 더욱 믿을 수 없는 이야기를 해 주셨어.

"내가 중학교 3학년 때쯤 있었던 일인데, 한 여학생이 너무 반항적이라는 이유로 국어 선생님한테 주먹으로 얼굴을 맞았지."

나는 깜짝 놀랐어.

"그건 폭력이잖아요! 거의 상해죄 아닌가요?"

"그 시대엔 그런 일도 있었단다. 여학생 아버지가 교육청에 신고하겠다고 노발대발했지만, 당사자인 여학생이 일을 크게 만들고 싶지 않다고 말려서 학교 밖으로 알려

지지는 않았어. 결국 그 선생님은 아무런 죗값도 치르지 않으셨지."

　이럴 수가……. 요즘 같은 시대에 그런 일이 일어났다면 분명 난리가 났을 텐데. TV 뉴스에서 이 일을 떠들썩하게 다룰 것이고, 폭력을 가한 선생님의 얼굴이나 집 주소, 전화번호 같은 것들이 인터넷에 퍼지는 건 시간문제였겠지. 빗발치는 항의 전화와 계속되는 비난에 결국 그 선생님의 가족은 야반도주했을지도 몰라.

　푸념을 늘어놓고 위로받으려고 온 건데 이런 놀랍고 어이없는 이야기를 잔뜩 듣다 보니, 어느새 꼬겐타나 가오리와 얽힌 개운치 않던 감정이 눈 녹듯 사라져 버렸어.

6
마음이란
참 복잡해

그런데 말이야, 그로부터 얼마 지나지 않아 믿을 수 없는 일이 발생했지 뭐야.

원인은 역시 나라고 해야 할까? 하지만 아무리 그렇더라도 솔직히 있을 수 없는 일이라고 생각해. 대체 무슨 일이 일어난 건지 빨리 알려 달라고? 그래, 알았어. 그 일의 직접적인 원인은 어떤 사건인데, 이전에도 가오리는 우리한테 여러 가지 쌓인 게 많았었나 봐.

9월 하순의 어느 날 아침, 나는 수업 시작 전 교실에 있었어. 내 옆에는 유리와 레이나가 와 있었고 미키는 화장실인가 어딘가에 가고 없었지. 잠시 후 가오리가 교실로 들어왔어. 나는 '안녕?' 하고 인사할까 망설였지만, 불과 얼마 전에 가오리가 '왜 웃고 있는 거야?'라고 말하며 나를 째려봤던 일 때문에 그만두기로 했어. 만약 이때 제대로 인사라도 했더라면 상황이 조금은 나았을지도 모르겠어.

가오리는 멋쟁이답게 그날도 어깨가 훤히 드러나는 예쁜 셔츠를 입고 있었어. 그런 걸 오프숄더 셔츠라고 하나? 까딱 잘못하면 어깨에서 흘러내릴 것 같은 그런 디자인의 셔츠를 어른이 아닌 초등학교 여학생이 입고 있는 건 사실 처음 봤어. 유리와 레이나도 마찬가지로 눈을 동그랗게 뜨고 가오리를 바라보았지.

"곧 10월인데, 안 추운가?"

유리가 속삭이듯 말했어.

"어떻게 저런 옷을 입지? 역시 눈에 띄고 싶어서 그런 건가?"

레이나도 같이 소곤거리더니 불쑥 이렇게 말하는 거야.

"근데 겉은 저래도 속은 아기 곰 팬티잖아."

그 말에 유리가 웃음을 참으면서 레이나의 어깨를 툭 쳤는데, 나도 순간적으로 '풉!' 하고 웃음을 터뜨리고 말았어. 근데 문득 시선이 느껴져서 고개를 들어 보니 가오리가 우리를 빤히 쳐다보고 있는 거야. 나는 당황해서 눈을 내리깔았어.

다음 날 사건이 발생하고 말았지.

학교 수업이 끝나고 집에 가 보니 엄마도 아빠도 외출 중이어서 나 혼자 가게를 보고 있었어. 잠시 후 저학년으로 보이는 한 여자아이가 가게 안으로 들어왔는데, 어디선가 본 적이 있는 아이였어. 학생 수가 얼마 안 되는 작은 학교라서 전교생 얼굴 정도는 대충 알거든.

아이가 주뼛거리며 가게 안을 왔다 갔다 하더니, 계산대에 있는 나를 흘끗 쳐다보는 거야. 뭘 찾나 싶어 말을 걸어 보려고 했는데 진열대 너머로 휙 숨어 버리더라고. 설마 했지만 일단 눈치채지 못하도록 주의 깊게 지켜봤어. 근데 계산대로 오지 않고 출구 쪽을 향해 급히 걸어 나가는 게 아니겠어? 가만히 보니 아이가 입고 있던 티셔츠의 배 부분이 볼록 튀어나와 있는 거야.

"잠깐만."

내가 말을 걸어도 아이는 들은 체도 하지 않고 자동문 밖으로 나가는 거 있지? 나는 얼른 뒤쫓아 가서 아이의 오른팔을 낚아챘어. 팔이 나뭇가지처럼 가느다랗더라고.

"셔츠 밑에 감춘 것 좀 보여 줄래?"

그러자 아이는 고개를 푹 숙이더니 길 건너편을 힐끗거렸어. 아이의 시선이 닿는 곳을 바라보니 가오리가 있었지. 근데 나와 눈이 마주친 순간 가오리가 이쪽으로 오려고 하다가 뒤돌아서 가 버리는 거야.

아이를 가게 안으로 데리고 들어와서 셔츠를 들춰 보니 딸기 맛 막대 과자와 초콜릿이 숨겨져 있었어.

"왜 돈을 안 냈니? 돈 없어?"

내가 다그치듯 물어도 아이는 그저 입을 굳게 다문 채 바닥만 바라볼 뿐이었어. 옅은 분홍색 긴팔 티셔츠에 청 반바지를 입은, 너무나도 평범해 보이는 이 여자아이는 도저히 물건을 훔칠 사람처럼 보이지 않더라고. 이름을 물어보니 작은 목소리로 "사이토 히마리."라고 답하더라. 2학년이래.

이제 어떻게 해야 하지? 고민이 깊어지는 순간이었어.

물건을 훔친 사람을 현장에서 잡은 게 처음인 데다, 상대가 어른이면 몰라도 나보다 훨씬 어린 초등학생인 경우엔 대체 어떻게 해야 하는 거지? 학교에 연락해야 하나?

"늘 이렇게 물건을 훔치니?"

히마리는 고개를 좌우로 절레절레 흔들더라.

"그럼 오늘이 처음인 거야?"

이번엔 고개를 크게 끄떡였어.

"왜 이런 짓을 했어? 나쁜 짓인 거 알고 있잖아?"

히마리는 계속 입을 다물고 있다가 이윽고 단념한 듯 말했어.

"훔치라고 시켜서."

"누가?"

내가 놀라서 묻자 히마리는 다시 한번 입을 꾹 다물어 버렸어. 그런데 그때 갑자기 어떤 생각이 머릿속을 스쳐 지나간 거야.

"혹시 가오리? 6학년 시키시마 가오리가 시킨 거야? 아까 길 건너편에 서 있었잖아."

히마리는 가볍게 고개를 끄덕였어.

나는 너무나도 큰 충격을 받았어. 대체 왜 그런 짓을 한 거지? 내가 그렇게 싫었나? 난 가오리한테 아무런 나쁜 짓도 안 했는데. 자기를 비웃었다고 착각하고 있지만, 난 단지 가오리와 더 친해지고 싶었던 것뿐인데. 그런데 나뿐만 아니라 이제 내 가족한테까지 피해를 주려고 들다니. 여긴 우리 부모님 가게란 말이야. 게다가 히마리한테도 못 할 짓이잖아. 어떻게 이런 어린애한테 도둑질을 시킬 수가 있어? 더군다나 히마리가 잡힌 걸 분명히 봤으면서도 냉큼 도망가 버리다니. 그런 비겁한 행동은 절대 용서할 수 없어!

히마리에게 앞으로는 절대 도둑질해서는 안 된다고 잘 타이른 다음 돌려보냈어. 그리고 오늘 히마리가 한 말이 사실인지, 만약 사실이라면 왜 가오리가 히마리에게 그런 짓을 시킨 건지 제대로 된 설명을 들어야겠다고 다짐했지. 그때까지 오늘 있었던 일은 일단 어른들한테 비밀로 하기로 했어.

이 사건에 대해 가오리에게 어떻게 말을 꺼내면 좋을지 계속 궁리하느라 그날 밤은 거의 잠을 잘 수가 없었어. 너무 화가 나서 가오리의 얼굴을 보자마자 나도 모르게 버럭 화를 내 버리면 어떡하지? 그럼 더 곤란해질 테니까 냉정해야 해. 이번에도 또 가오리가 흥 하고 무시해 버리거나 별일 아니라는 태도로 나와서 내가 하려던 말을 못하게 되면 어떡하지? 나는 어렵게 마음을 다스렸어. 그

애 앞에서 화를 억눌러 가며 하고 싶은 말을 조리 있게 할 자신이 없어서 불안했지.

잠이 모자란 상태로 다음 날 눈을 비비며 등교했지만 가오리는 학교에 오지 않았어. 요코가와 선생님이 감기 때문에 결석했다고 말씀하셨지만, 과연 진짜일까? 나를 볼 자신이 없었던 건 아닐까?

나는 쉬는 시간에 인적이 드문 운동장 한구석으로 미키를 데리고 가서 전날 있었던 일을 모두 털어놓았어.

"그게 정말이야?"

깜짝 놀란 미키가 눈을 휘둥그레 뜨며 물었어.

"히마리란 애가 우리 가게에서 도둑질한 건 사실이고, 가오리가 그렇게 하라고 시켰다는 게 그 아이의 주장이야."

"사이토 히마리지? 가오리 옆집에 사는 애니까 전혀 있을 수 없는 이야기는 아닌 듯……."

"걔한테 가서 다시 한번 확인해 볼까? 오늘 학교에 왔겠지?"

나는 갑자기 불안해지기 시작했어. 히마리가 자기 멋대로 적당히 얼버무리고 요령 있게 도망간 것일 수도 있으니까.

"그보다 가오리한테 직접 물어보는 게 좋겠어. 방과 후에 유인물 전해 주러 가야 하니까 유즈도 같이 가자."

이렇게 우리는 학교를 마치자마자 함께 가오리의 집으로 향했어. 가오리가 사는 아파트는 다테시로역 앞의 번화가 근처 골목 깊숙한 곳에 있더라고. 각 집의 문 옆에는 외부에 세탁기가 놓여 있고, 복도 가장 안쪽에는 프로판가스 통이 보였어. 철제로 된 바깥 계단은 여기저기 녹슬어서 원래 무슨 색이었는지도 알 수 없었지.

"여기야."

1층 두 번째 집의 문 앞에 '시키시마'라고 쓰인 문패가 걸려 있었어. 미키는 아파트 옆에 있는 단독 주택을 가리키며 덧붙였어.

"그리고 저쪽이 히마리네 집."

미키가 가오리네 집의 초인종을 누르자, 잠시 조용하더니 이내 안에서 "네." 하는 소리가 들렸어. 나는 초인종의 카메라 렌즈에 잡히지 않는 곳에 서 있었어.

"가오리네 반 반장 무라야마 미키라고 합니다. 가오리가 오늘 학교에 나오지 않아서 유인물을 주러 왔습니다."

이윽고 문이 열리더니 문밖으로 얼굴을 내민 사람은 다름 아닌 가오리였어. 가오리는 내 얼굴을 보자마자 움찔하고 놀라더니 황급히 문을 닫으려고 했지. 그러자 미키가 잽싸게 문손잡이를 잡았어.

　"잠깐만. 유즈가 물어보고 싶은 게 있대. 피하지 말고 제대로 대답해 줘."

　가오리는 눈을 내리깔고는 잠시 뜸을 들이더니 마지못해 우리를 집 안으로 안내했어.

　조그마한 방 두 개에 부엌이 딸린 작은 아파트였어. 가오리는 엄마와 함께 살고 있는 것 같았어. 우리가 방문했을 때 가오리 엄마는 일하러 나가셨는지 집에 안 계셨지.

　나와 미키는 2인용 부엌 테이블 의자에, 가오리는 싱크대에 올라가 앉았어. 그러고는 우리 쪽은 쳐다보지도 않고 다리를 흔들거리면서 허공을 바라보더라고.

　"조금 전 유즈한테 들은 얘기인데……."

　미키가 담담한 말투로 어제 있었던 사건을 이야기하기 시작했어. 미키가 옆에 있어 줘서 마음이 참 든든했던 거 있지? 나였다면 분명 목소리가 높아져서 제대로 이야기하지 못했을 테니까.

"히마리는 네가 도둑질을 시켰다고 하던데, 그게 정말이니?"

가오리는 화난 얼굴로 입을 꾹 다물고 있었어.

"아직 그러지는 않았지만, 히마리가 도둑질했다는 걸 선생님한테 알리면 히마리 부모님도 아시게 될 거야. 그럼 히마리는 엄청나게 혼나겠지."

"그건 안 돼."

가오리는 쿵 하고 싱크대에서 뛰어내리더니 드디어 우리를 정면으로 바라보았어.

"나야. 막대 과자 집어 오라고 시킨 거."

"왜 그런 짓을……."

"걔는 내가 시키면 뭐든지 한다고 했으니까!"

가오리는 화난 목소리로 미키의 질문을 가로막으며 답했어.

"그건 너무하잖아!"

나는 더 이상 견딜 수 없어서 소리치고 말았어.

"자기 말을 잘 듣는다고 해서 어린애한테 도둑질을 시키다니."

"나도 알아……."

60

가오리의 목소리가 갑자기 가냘파졌어.

"나쁜 짓이란 거 안다고. 나는 정말로 형편없는 인간이니까……."

가오리는 눈썹을 축 늘어뜨린 채 코를 훌쩍이기 시작했어.

"나에게 다정하게 대해 준 사람은 히마리뿐이었어. 늘 예쁘다고 말해 주고, 어떻게 해야 멋쟁이가 되는지 알려 달라고 조르는, 너무나도 사랑스러운 여동생 같은 아이야."

"그런데 왜?"

가오리가 눈물 젖은 눈동자를 들어 우리를 바라봤어.

"나는 반에서 고토 무리한테 쓰레기 취급을 받고 있지만, 아무도 도와주지 않잖아."

아아, 역시 애도 힘들었구나…….

"그렇다고 히마리한테 그런 식으로 스트레스를 푸는 건……."

"나도 알고 있다니까!"

가오리가 소리치며 나를 찌릿 째려보는데, 어쩜 얘는 화내는 얼굴도 예쁜 건지. 나는 속으로 감탄하며 멍하니

가오리를 바라보았어.

"너희도 나를 두고 수군거렸잖아. 잘도 저런 옷을 입고 다닌다고. 관심받고 싶냐는 둥 어쩌고, 아기 곰 팬티가 저쩌고."

역시 다 들었구나. 하지만 그건 내가 한 말이 아닌걸. 그래도 피식 웃어 버린 건 사실이니 공범이라면 공범일 수도 있지……

"어차피 우리 엄마는 학교도 오래 다니지 못한 데다 나는 아빠도 없고. 도쿄대 나온 아빠가 있는 사람하고는 차원이 다르지."

우리 아빠가 도쿄대 출신인 건 사실이지만 그런 얘기는 반 친구 누구에게도 한 적이 없는데. 가오리는 대체 어떻게 알고 있는 거지?

하기야 예전에 할아버지가 "너희 아빠는 옛날부터 신동이라고 불릴 만큼 주변에서 똑똑하다고 평판이 자자했지. 도쿄대에 합격했을 때는 마을 전체가 난리 났었단다. 다테시로에서 도쿄대에 입학하는 녀석이 처음으로 나왔다면서 말이야." 하고 말씀하셨던 적이 있긴 했지.

아빠는 상상 이상으로 이 지역에서 유명한 사람이었구

나……. 하지만 우리 아빠는 그냥 보통 사람인데. 아니, 보통보다 더 못할지도 몰라. 목욕하는 걸 너무 싫어하고, 방귀도 자주 뀌고, 셔츠 단추를 잘못 끼우는 건 예사에다. 딸 생일날도 매년 잊어버리니까.

"꼬겐타한테 따돌림당하는 건 나도 마찬가지잖아." 하고 내가 덧붙였어.

"그렇지만 가장 심하게 괴롭힘당하는 건 나야. 근데 반 아이들은 모두 보고도 못 본 척, 아니 오히려 재미있어하잖아."

"그런 적 없어."

"그렇다니까!"

하긴. 그렇게 보일 만한 행동을 한 건 사실이니까 반성은 해야겠지.

따돌림을 당하는 아이들은 강심장이라서 참고 있는 게 아니야. 유일하게 대응할 수 있는 방법이 아무렇지도 않은 척하는 거라서 그렇게 할 뿐이지. 하지만 계속 그렇게 참고 있으면 스트레스가 쌓여서 결국엔 자기 자신도 또 다른 누군가를 괴롭히는 쪽이 돼 버리는 건 아닐까? 자기보다 약한 저학년을 끌고 와서 졸병처럼 부려 먹는다든지

하는 식으로 말이야.

그러니까 제일 나쁜 건 꼬겐타 무리야. 그 녀석들이 따돌림을 못 하게 막으면 모든 게 해결돼!

"히마리가 도둑질한 걸 들켰을 때 나 혼자 도망간 건 지나쳤다고 생각해. 그래서 히마리한테도 진심으로 사과했어. 이제 다시는 히마리에게 그런 짓 안 할 거야."

가오리는 결심한 듯 말했어.

7
어른도
고민이 있답니다

가오리의 집에서 되돌아오는 길에 나와 미키는 그 누구에게도 이번 절도 사건에 관해 말하지 않기로 약속했어.

그런데 다음 날, 전혀 예상치 못한 일이 일어났어. 가오리가 자기 엄마와 함께 우리 슈퍼로 찾아온 거야. 가오리의 엄마는 가오리와 똑 닮은 아름다운 분이시더라고. 가오리 엄마가 엊그제 우리 슈퍼에서 일어난 일을 아빠에게 사과하셨을 때, 아빠는 영문을 몰라 눈을 희번덕거릴 뿐이었어.

이야기가 끝나 갈 무렵, 가오리는 눈에 눈물이 가득 고인 채 고개를 푹 숙이더니 "정말 죄송합니다! 앞으로는 절대 이런 짓 하지 않겠습니다." 하고 큰 소리로 사과했어.
아빠는 이 사건에 대해 알고 있었냐는 표정으로 나를 바라봤고, 나는 고개를 끄덕였지.

"알았어. 깊이 반성하고 있는 것 같네. 일부러 사과하러 와 줘서 고마워."

두 사람이 가게를 나가고 난 뒤, 나는 가오리와 관련된 이번 일을 아빠에게 자세히 설명했어. 애초에 발단이 같은 반 남학생의 괴롭힘에 있었다는 것도 포함해서 말이야.

"지금껏 말씀 안 드려서 죄송해요."

그러자 아빠는 주머니에서 휴대폰을 꺼내더니 뭔가를 검색하기 시작했어.

"여기 있다. 이거야. '왕따 방지 대책 추진법(일본의 법제도)'."

뭐라고? 그런 법률이 있었다니. 아빠가 법조문을 읽기 시작했지만, 솔직히 나는 그 내용을 전혀 이해할 수 없었어.

"그러니까 어떻게 해야 한다는 거예요?"

"왕따 문제는 어른들이 힘을 모아 신속히 대처하지 않

으면 안 된다는 말이야. 우선 교장 선생님이 앞장서고 선생님과 보호자, 지역 주민, 아동 상담소 등이 함께 협력하면서 문제를 해결하기 위해 노력해야 한다는 거지."

우아, 생각보다 꽤 대대적으로 대처해야 하는구나. 하지만 우리 학교에선 전혀 그런 대처가 이루어지고 있지 않은데. 요코가와 선생님은 보고도 못 본 척하시고, 교장 선생님은 지금 우리 반에서 무슨 일이 일어나고 있는지 상상도 못 하실 테니 말이야.

"그래, 결국 현실은 그렇겠지. 여기에도 적혀 있어. 이 법률의 이념이 실제로는 충분히 반영되지 못하고 있어서 지역이나 학교에 따라 대응이 제각각이라고."

"그건 또 무슨 뜻이에요?"

"그러니까 왕따 문제를 너무 가볍게 다루고 있다는 거야. 어른들은 '그냥 애들끼리 장난치는 거잖아.'라거나, '누군가를 괴롭히거나 누군가에게서 괴롭힘을 당하는 것처럼 보이지 않는걸.' 하는 식으로 제멋대로 생각한다는 거지. 그래서 실제로 따돌림이 발생해도 그게 심각한 문제로 받아들여지지 않는 것 같아."

정말이지 지금 우리 반 얘기인걸!

"애초에 이번 일의 원인을 제공한 건 한 남학생이라고 했는데, 그렇게 심하니?"

"심하다고 해야 하나, 바보 같다고 해야 하나? 괴롭히는 수준이 아주 저학년 같다니까요. 이상한 별명을 만들어서 놀리거나 하는 거요. 나보고는 돼지 등심이라고 불러요."

어? 피식 웃는 거 다 봤어요, 아빠! 내가 짜증이 난 걸 알아차렸는지 아빠는 자세를 바로잡고는 얼른 덧붙이더라고.

"사람들 앞에서 겉모습을 가지고 놀리다니, 그건 정말로 용서할 수 없는 일인걸. 6학년이나 돼서 그런 것도 모른단 말이야?"

"꼬겐타는 절대 몰라요."

"꼬겐타?"

"본명은 고토 겐타. 걔네 집안이 이 지역에서 꽤 유명한 것 같던데요."

"그 고토란 아이, 혹시 고토 개발의 고토 군인가?"

"네, 그 고토 맞아요."

"그렇구나……."

아빠는 문득 복잡한 표정을 짓더니 곧 입을 다물어 버렸어.

"왜요?"

혹시 아빠도 다른 어른들처럼 고토 집안을 나쁘게 말하면 안 된다고 생각하는 건가?

"그게, 사업상 여러 가지 문제가 얽혀 있어서."

뭐야? 어린애한테 말해 봤자 소용없다는 말투잖아? 난 이런 게 제일 싫다고. 나도 부모님의 가게 일을 돕고 있으니까 이 일에 관해서라면 알 권리가 있어!

이런 나의 의견에 아빠는 "그건 그렇지." 하며 고개를 끄덕였어.

"고토 개발에서 이 가게를 자기들에게 팔지 않겠냐는 제안을 해 왔단다."

엥? 아니, 우리가 이 슈퍼를 시작한 지 얼마나 됐다고.

"판다고요?"

"안 팔지. 대를 이어서 가게를 운영해 달라는 게 할아버지의 유언이었잖아."

"그렇죠? 게다가 가게를 팔면 이 지역 할머니, 할아버지 들은 물건을 사기 힘들어지시잖아요?"

"그렇긴 한데, 고토 개발은 이웃 어르신들에게도 집을 팔도록 권유하고 있는 것 같아. 이 지역에 대형 온천 리조트를 건설할 계획이래."

대형 온천 리조트? 이 산골짜기에?

"그래서 그분들은 모두 집을 팔기로 했어요?"

"모르겠어. 집을 팔고 교통편이 더 좋은 곳으로 이사하고 싶어 하는 사람도 있고, 조상 대대로 살아오던 땅을 처분하기 싫어하는 사람도 있겠지."

"이곳을 떠나고 싶은 사람은 집을 팔고 떠나도 되지만, 남고 싶은 사람들은 억지로 그럴 필요 없죠."

"그러게. 굳이 리조트를 짓고 싶다면 다른 곳에 지으면 될 걸 계속 끈질기게 전화를 걸고 만나자고 요구한다니까. 우에하타 주민들을 좀 가만히 내버려뒀으면 좋겠어."

"가게 절대로 팔면 안 돼요, 아빠. 난 이 가게가 너무 좋단 말이에요."

"걱정하지 마. 그보다, 유즈뽕은 괜찮은 거야?"

아빠는 가끔 나를 유즈뽕이라고 부르곤 해.

"네, 전 괜찮아요."

왕따 관련 법률이 있다는 것도 알았고, 다행히 아빠가

법률에 대해서는 훤하니까 여차하면 도움을 받을 수 있을 것 같아서 조금은 마음이 놓였어. 지금까지는 그냥 아무 생각 없이 아빠 흉을 봤는데, 역시 도쿄대 출신은 다르구나 싶은 거 있지? 물론 도저히 못 견디겠으면 아빠한테 도움을 요청하겠지만, 가오리하고도 화해했으니까 일단 조금 더 노력해 봐야겠어.

"아빠도 지면 안 돼요."

나는 아빠에게 한 번 더 다짐을 받았고,

"오케이."

아빠는 불끈 쥔 주먹을 치켜들어 보였어.

8
폭력은
반칙이야

요즘 여학생들 사이의 결속력이 강해지면서 분위기가 좋아지고 있어.

그다음 날 가오리는 프릴이 풍성한 미니스커트를 입고 왔어. 늘 그렇듯 아주 세련된 차림이었지. 그런데 그 모습을 본 유리가 내 귀에 대고 "왠지 좀 과한 느낌이지 않아?" 하며 속삭이는 거야. 레이나도 "치마가 너무 짧아서 아기 곰 팬티 보이는 거 아냐?" 하며 나를 바라보았어. 나는 두 사람을 향해 분명히 말했어.

"이제 그런 말 하지 말자. 가오리는 남학생들한테 놀림 받고 있으니까, 우리 여학생들끼리라도 힘을 합쳐서 도와

줘야 해.”

“그래, 맞아.”

미키가 우리 쪽으로 다가오며 내 말에 맞장구쳐 주더라고. 그러자 유리와 레이나는 겸연쩍은 듯 고개를 떨구었어.

내가 “가오리.” 하고 이름을 불렀더니, 가오리는 책가방을 의자에 걸어 놓고는 주뼛주뼛 우리 쪽으로 다가왔어.

“그 스커트 멋지다.”

프릴과 레이스로 장식된 남색 미니스커트는 세련되고 멋져서, 가오리의 아기 사슴 같은 가느다란 다리와 참 잘 어울리더라고. 가오리가 수줍게 대답했어.

“엄마가 골라 준 거야.”

“엄마가 멋쟁이시네.”

“엄마는 늘 패션은 자신감이라고 강조해. 돈이 없어도 얼마든지 멋을 부릴 수 있다고 말이야.”

나는 문득 어제 가오리와 함께 슈퍼에 찾아왔던 가오리 엄마의 모습이 떠올랐어. 장례식에서나 입을 법한 단정한 원피스 차림이었는데도 왠지 멋져 보이더라고. 멋쟁이들은 평범한 옷도 멋스럽게 잘 소화해 낸다 싶었지.

가오리는 오늘 긴 머리를 세 갈래로 땋아서 머리띠처럼 감고 있었어.

"그 머리 모양도 멋지다."

"엄마가 해 줬어. 세 갈래로 땋아서 이렇게 감으면 화려한 머리띠를 한 것처럼 보여."

미키가 말했어.

"어떻게 땋는지 알려 줄 수 있어?"

"응!"

그렇게 답하는 가오리의 얼굴에 지금까지 본 적 없는 밝은 미소가 떠올랐어. 아아, 가오리는 같은 반 여자 친구들이랑 이런 대화가 하고 싶었던 거구나…….

처음에는 몇 걸음 뒤에서 말없이 바라보고만 있던 유리와 레이나도 점차 우리 대화에 끼어들기 시작했어. 이 둘도 원래부터 짓궂은 성격은 아닐 테니 언젠가는 가오리와 사이좋게 지낼 거라고 확신해.

"못생긴 애는 무슨 짓을 해도 못생겼다니까."

어느새 가오리 등 뒤에 와 있는 꼬겐타가 또다시 악담을 퍼붓기 시작했어. 가오리는 힐끗 뒤돌아보더니 다시 우리 쪽으로 고개를 돌리고는 못 본 척 이야기를 계속

했어.

"못생겼으면서 사람 무시하냐?"

꼬겐타가 이렇게 말하더니 갑자기 가오리의 등을 향해 몸을 날리더라고. 지금까지 샤프 끝으로 콕콕 찌르거나 한 적은 있었어도, 이건 그보다 몇 배나 심한 폭력 행위 잖아.

꼬겐타의 힘에 밀린 가오리가 앞으로 푹 고꾸라질 뻔한 것을 나와 미키가 간신히 잡아 일으켰어.

"괜찮아?"

"응. 아무렇지도 않아."

가오리는 곧바로 평소의 표정으로 돌아와서 아무 일도 없었다는 듯 미키의 머리를 세 갈래로 땋기 시작했어. 이런 상황에서도 아무렇지 않아 하는 가오리의 꿋꿋한 모습은 감탄을 자아내기에 충분했지.

하지만 이래선 안 되잖아…….

얼마 전 TV에서 상대 선수의 난폭한 플레이에 끄떡도 하지 않던 NBA 선수를 보고 정말 멋있다고 생각했던 적이 있어. 하지만 지금은 전혀 그런 생각이 들지 않더라고. 왜냐하면 계속 이렇게 아무렇지 않아 하는 태도를 취한다면 문제의 원인은 결코 해결될 수 없거든.

꼬겐타는 더 이상 가오리 따윈 안중에도 없다는 듯 축구공을 드리블하며 교정 쪽으로 걸어갔어. 그리고 아키토와 유조가 그 뒤를 따랐지.

"거기 서!"

순간 나도 모르게 소리를 질렀지 뭐야! 그러자 세 남학생이 동시에 뒤돌아봤어.

"뭐라고?"

꼬겐타가 말하자 아키토가 유조 뒤로 숨으면서 "뭐라고?" 하고 따라 했어.

"사과해."

꼬겐타는 흥 하고 콧방귀를 뀌었어. 내가 다시 말했지.

"가오리한테 사과해. 방금 그건 폭력이야. 여학생한테 폭력을 쓰다니, 너 진짜 최악이야."

가오리가 내 얼굴을 바라보며 고개를 좌우로 살짝 흔들었어. 이제 됐다고 눈빛으로 호소하는 듯했지만, 이미 흥분한 나는 멈추지 않았어.

"그래. 사과해."

그 순간 미키가 나에게 힘을 보태 주었어. 유리와 레이나는 안절부절못하며 이 사태를 그냥 지켜보고만 있었지.

"싫은데."

"사과해."

"싫다니까."

"싫다니까."

꼬겐타와 아키토의 대답이 하모니가 되어 교실 안에 울렸어.

"사과해."

"시끄러워. 못생긴 게."

"시끄러워. 못생긴 게."

"아키토, 넌 네 생각을 말할 줄 모르니? 꼭 정신 나간 구관조 같아."

"시끄러워. 못생긴 게, 못생긴 게, 못생긴 게!"

아키토는 얼굴이 벌게져서는 '못생긴 게'를 연발하더라고.

이래서는 아무것도 해결되지 않겠다 싶었어. 이제 이런 바보들한테는 신경 끄자는 생각에 여학생들만의 대화로 돌아가려던 찰나, 꼬겐타가 나를 향해 집게손가락을 쑥 내미는 거야.

"너, 내가 반드시 쫓아낼 거야."

뭐? 네가 날 어떻게 반에서 내쫓는다는 거야?

"지저분한 슈퍼 따위는 필요 없어. 우리 아빠가 온천이 딸린 최첨단 쇼핑몰을 만들 거니까."

아아⋯⋯. 그 얘기구나.

"우리는 절대 나가지 않아."

"너희 같은 인간들은 필요 없어. 우에하타의 할매, 할배 들도 모두 방해만 될 뿐이라고. 나라 전체가 거추장스러워하고 있는데 끈질기게 눌러앉으려는 이 기생충들. 당장 사라져!"

아키토가 그 말을 따라 하려고 입을 열었지만, 너무 길어서 못 외웠는지 그대로 입을 닫아 버렸어.

"싫어."

나는 꼬겐타를 똑바로 응시하며 분명히 말했지. 그러자 꼬겐타가 멈칫하더니, 다음 순간 눈썹을 치켜올리며 한층 더 공격적으로 나오더라고.

"너희 슈퍼 따위 당장 망하게 해 주겠어!"

꼬겐타가 나를 향해 축구공을 찼고, 나는 반사적으로 눈을 꾹 감고 몸을 숙였어. 축구공은 내 머리 바로 위를 날아 교실 벽에 맞고는 리바운드되어 꼬겐타 쪽으로 되돌아갔어.

위험하잖아!

만약 내가 0.5초라도 늦게 몸을 숙였다면 축구공은 내 얼굴을 강타했을지도 몰라.

꼬겐타는 옅은 미소를 띠며 뒤돌아섰어. 나는 잽싸게 주위를 둘러봤고, 마침 사물함 위에 놓여 있는 빈 꽃병을 발견했어. 그 꽃병을 손에 쥔 순간 내 머릿속에는 그걸 던질 경우 얼마나 큰 피해가 발생할지에 대한 생각 따윈 없었어. 오로지 꼬겐타에게 반격하고 싶다는 생각뿐이었지.

내가 무슨 짓을 하려는지 가장 먼저 알아차린 건 미키도 가오리도 아닌 유조였어. 유조는 양팔을 크게 벌리고는 꼬겐타의 등을 가로막고 섰어. 뒤돌아선 꼬겐타는 아키토와 웃고 재잘거리며 교실 밖으로 나가려던 참이라 내가 꽃병을 던지려는 걸 눈치채지 못했지.

내가 거기서 멈출 수 있었던 건 유조가 나를 무섭게 째려봤기 때문이 아니야. 오히려 유조는 난처한 듯한 표정을 짓고 있었거든. 그의 작은 눈동자가 '네 심정을 모르는 건 아니지만 그건 던지지 마라.' 하고 말하는 것 같았어.

나는 숨을 크게 내쉰 다음 꽃병을 원래의 위치로 가져다 놓았어. 흥분을 가라앉히고 자세히 보니 호리병 모양의 상당히 큰 꽃병이더라고. 이게 머리에 맞았으면 구급차를 불러야 했을지도 몰라. 미키가 나를 걱정스러운 눈빛으로 쳐다보기에 나는 "괜찮아. 진짜로 던질 리가 없잖아." 하고 얼버무렸어.

하지만 그때의 나는 장난한 게 아니라 진짜 꼬겐타에게 꽃병을 집어 던질 생각이었다고. 만약 꼬겐타가 꽃병에 맞아서 크게 다치기라도 했다면, 이유야 어찌 됐든 나쁜 사람은 내가 됐겠지. 축구공을 차는 건 '장난'으로 끝날지 모르지만, 꽃병을 던지는 건 분명한 '폭행'이니까.

어휴, 왜 나는 꽃병을 손에 집어 든 걸까? 이렇게 생각하니 나도 스스로가 무서워지기 시작했어. 하지만 가장 나쁜 건 어쨌든 꼬겐타잖아. 저 녀석만 정상이었다면 이런 일은 애초에 발생하지 않았을 테니까!

그래, 모든 악의 근원은 꼬겐타야! 뭔가 대책을 세우지 않으면 나까지 이상해질 것 같아…….

9
콤팩트 시티가
생긴다고?

개운치 않은 기분을 풀고 싶었던 나는 이번에도 미즈하라 할머니 집을 찾아갔어. 엄마나 아빠한테 꼬겐타를 향해 꽃병을 던질 뻔했다고 이야기하면 분명 이번 일에 대해 크게 걱정할 게 뻔하니까. 그리고 부모님은 요즘 대형 리조트 건설 관련 설명회나 주민 회의 같은 데 참석하느라 눈코 뜰 새 없이 바쁘더라고.

미즈하라 할머니도 우리 부모님과 상황이 다르지 않아 여러 가지 일로 바쁘실 거야. 그래도 내 얼굴만 보면 "학교생활은 익숙해졌니?" 하고 질문해 주시니까 나도 모르게 어리광을 부리게 돼.

"휴, 꽤 여러 가지 일이 있었어요. 힘들어요."

미즈하라 할머니한테 가오리 사건에 관해서는 이야기 하지 않았어. 이미 끝난 일을 새삼 들출 필요는 없다고 생각했거든.

그것보다 꼬겐타! 그리고 꼬겐타의 영향으로 더욱 난폭해지고 있는 나! (너무 과장된 표현인가?) 이게 문제였지. 난 미즈하라 할머니한테 오늘 학교에서 일어난 사건에 관해 모조리 털어놓았어.

미즈하라 할머니는 차를 후루룩 들이켜시며 가만히 내이야기를 들으셨어. 내가 이야기를 마치자 휴 하고 작게 한숨을 내쉬셨지.

"그건 증오의 연쇄 작용이란 거야."

"증오의 연쇄 작용이요?"

"그래. 가령 전쟁이 일어나기 전에는 전쟁을 반대하는 사람이 많단다. 하지만 그런 바람은 공허한 외침일 뿐, 결국 전쟁은 시작되고 말지. 그 결과 많은 사람이 살던 집을 잃고 사랑하는 사람을 잃게 돼. 이렇게 되면 전쟁을 반대하던 사람들도 '할 수 없다, 이렇게 된 이상 싸우는 수밖에!' 하고 생각을 고쳐먹게 되지. 그렇게 증오의 연쇄 작용으로 전쟁은 더욱 확대된단다. 이쯤 되면 더 이상 어느 쪽이 옳고 그른지 판단할 수가 없어."

하아, 그렇구나…….

"벌레 한 마리도 못 죽일 것 같은 착한 사람들이었는데, 결국엔 그들도 확 변해 버리더구나. 그래도 난 여전히 그들이 근본은 착하다고 생각해."

그런 거였구나. 그래서 나도 아슬아슬한 상태로까지 돌변해 버린 거야. 만약 내가 그때 감정을 폭발시켰다면 꼬겐타와 같은 죄를 짓게 되거나 그 이상이 됐을지도 몰라. 그래도 아이들 간의 싸움과 어른이 일으키는 전쟁은 아예 차원이 다르지 않나?

"같아. 어른도 애들이랑 똑같으니까."

그런가?

"그래. 어른들은 겉발림을 잘해서 그렇지, 그걸 전부 벗겨 보면 그 속에 있던 작은 어린아이가 모습을 드러내곤 해."

그게 정말일까? 왠지 들어선 안 되는 어른들만의 비밀을 알아 버린 것 같아…….

"그런 연쇄 작용을 멈추려면 어떻게 해야 하죠?"

미즈하라 할머니는 차를 한 모금 들이켜시더니 천장을 올려다보셨어.

"상대방의 입장에서 생각해 보는 게 어떨까? 그럴 수만 있다면 조금은 다툼이 줄어들 것 같은데."

TV 공익 광고에서도 비슷한 표현을 봤던 것 같아.

"간단해 보이지만 생각보다 무척 어려운 일이야. 마음을 먹기도 전에 금세 감정이 격해져서 상대와 같은 행동을 해 버리고 마니까."

이건 꼬겐타를 향해 꽃병을 내던지려고 했던 내 얘기 같은데.

"혹은 자기보다 약한 사람을 목표로 해서 스트레스를 푼다거나 말이다."

이건 가오리 얘기네. 물론 반성하고 사과했지만.

"그러니까 어른들도 애들한테 싸우거나 왕따 같은 거 하지 말라고 잘난 척하며 설교할 수 없는 거야. 당신들이 야말로 그만 다투라는 소리를 들어도 할 말 없는 입장이니까."

그건 그렇네……

"그렇지만 꼬겐타의 입장에서 생각해 본다는 건 애당

초 무리예요. 그 녀석은 완전 바보거든요. 바보의 기분을 알기 위해서는 저도 그 녀석만큼 바보가 돼야 하는 거 아닌가요? 그건 절대 불가능해요."

모든 악의 근원이 꼬겐타라는 걸 아는 미즈하라 할머니는 쓴웃음을 지으며 찻잔을 다 비우셨지.

"참, 할머니한테도 제안 왔었죠? 여길 팔고 나가 달라고요."

"응, 왔었어."

"어떻게 하실 거예요?"

"음, 여긴 우리 조상 대대로 살아왔던 땅이고, 이제 그 땅을 이어받을 사람은 나밖에 없단다. 이 나이에 낯선 곳으로 이사 가는 일은 가능하면 피하고 싶어."

미즈하라 할머니는 작지만 옹골찬 자기만의 밭을 가지고 계셔. 거기서 재배한 채소를 시장에 내다 팔아서 생활비에 보태시는 것 같아. 거동이 불편하신데도 밭은 늘 깔끔하게 손질돼 있어서 볼 때마다 감탄한다니까.

"그렇죠? 저희 부모님도 슈퍼를 계속 운영하고 싶어 하세요. 그러니까 우리 같이 열심히 싸워 봐요!"

"······그래야겠지."

미즈하라 할머니는 먼 곳을 바라보시며 고개를 끄덕이
셨어.

요즘 엄마, 아빠는 잦은 모임 때문인지 집에 돌아오면
부쩍 피곤해 보이더라고.

"모두의 의견을 하나로 모으는 건 정말 힘들다니까."

건강 관리를 잘해서 피곤이란 걸 모르고 살아온 엄마였
는데, 요새는 눈 밑에 다크서클까지 생겼지 뭐야? 엄마,
아빠는 리조트가 들어서는 걸 반대하는 쪽의 대표로 뽑혔
다는 것 같아.

"그래도 마을 사람들은 모두 한마음 아닌가요?"

"뭐, 그런 편이지만…… 개중에는 마을을 떠나겠다는
사람도 있어. 물론 소수이긴 하지만. 게다가 반대하는 사
람들의 이유도 모두 제각각이더라. 누가 뭐래도 조상 대
대로 살아온 땅을 팔기 싫다는 사람도 있고, 단순히 퇴거
보상금을 더 많이 받기 위해 반대하는 사람도 있어."

그렇구나…….

"모두가 각자의 사정이 있는 법이지. 지병이 있는데 근
처에 친척이 없는 노인분들은 토지를 팔고 도시로 이사

가시는 게 더 편리하잖아. 고토 개발은 그런 사람들을 위해서 콤팩트 시티를 준비하고 있거든."

콤팩트 시티란 집에서 아주 가까운 거리에 병원이나 은행, 우체국, 슈퍼와 같은 일상생활에 꼭 필요한 시설들이 다 모여 있어서 쉽게 이용할 수 있는 도시래. 분명 편리할 것 같긴 하지만…… 그래도 역시 꼬겐타네 회사가 시키는 대로 하는 건 싫단 말이야.

"우리 슈퍼는 괜찮은 거죠?"

"물론."

아빠가 고개를 끄덕였어.

"우리는 주민들이 필요로 하는 이상 여기에 계속 있을 거야."

엄마의 대답에 나는 마음이 든든해졌어.

10
화해할
용기

　다테시로의 겨울은 도쿄와는 비교도 안 될 만큼 아침저녁으로 기온이 크게 내려가곤 해. 여름 동안은 그럭저럭 괜찮았지만, 겨울이 되면서 손과 얼굴을 때리는 차가운 바람 때문에 자전거를 타고 산을 오르락내리락하는 게 힘들어지기 시작했어.

　그러던 어느 날, 나는 그야말로 대발견을 하고 말았어!

　대발견이란 말이 너무 과장되게 들릴 수도 있지만, 나한테는 정말이지 의외의 발견이었어. '뭐? 진짜로 이런 일이 있을 수 있다고? 거짓말이지?' 하고 놀랄 정도였거든.

　그 발단은 내가 평소와 다름없이 미즈하라 할머니 댁으

로 배달을 갔을 때 일어났지.

"이런, 이런, 힘들겠다. 미안해서 어째. 한꺼번에 너무 많이 주문했나?"

내 전기 자전거 짐받이에는 생수병, 올리브유, 우유 등이 잔뜩 실려 있었어.

"유, 얼른 여기 와서 좀 도와줘!"

미즈하라 할머니가 집 뒤편 정원에 있는 밭을 바라보며 누군가를 향해 소리치시더라고. 이윽고 괭이를 들고 모습을 나타낸 건, 맙소사! 그 거대한 몸집의 고지마 유조인 거 있지? 유조는 내 얼굴을 보자마자 순간 멈칫했지만, 이내 괭이를 처마 밑에 기대어 놓고는 내가 가져온 물건들을 옮기기 시작했어. 하나에 2리터나 되는 생수 세 병을 가볍게 겨드랑이와 옆구리에 끼워서 들고 가더라.

"고마워, 유즈하. 지금 차를 끓일 테니까 기다려 줘. 유도 고마워. 이제 잠깐 쉬렴."

나는 따져 묻는 듯한 눈빛으로 유조를 뚫어져라 쳐다봤어. 왜 네가 미즈하라 할머니 댁의 밭을 갈고 있는 거야?

"우리 할머니."

유조가 나지막한 목소리로 대답했어. 뭐? 하지만 성이

다르잖아?

"우리 엄마의 엄마."

아아, 그렇구나…….

미즈하라 할머니는 잠시 후 찻주전자와 컵 그리고 롤케이크가 담긴 쟁반을 들고 돌아오셨어.

"그러고 보니 둘이 같은 반이지?"

미즈하라 할머니가 컵에 홍차를 따르며 물으셨어. 유조가 대답할 기색을 전혀 보이지 않아서 하는 수 없이 내가 "맞아요." 하고 답했지. 그래요! 제가 그렇게 푸념을 늘어놓던 꼬겐타의 졸개 중 한 명이 바로 할머니 손자예요. 어떻게 지금까지 모르는 척하실 수가 있죠?

"우리 사위, 그러니까 이 아이의 아빠가 사업에 실패해서 빚을 잔뜩 진 적이 있었단다. 집을 팔아넘겨도 다 갚을 수 없을 만큼 어마어마한 액수였지. 섬뜩한 이야기지만, 한때는 온 가족이 함께 목숨을 끊을 생각까지 했으니까. 그때 도와주신 분이 바로 고토 개발의 사장님이셨어. 유의 아빠를 회사에 채용해 주고 사택도 마련해 주셨지. 그뿐만 아니라 빚까지 대신 갚아 주셨지 뭐니. 그러니 우리한테는 고토 집안이 생명의 은인인 셈이지."

허, 그런 일이 있었구나.

"하지만 그건 어른들의 사정일 뿐, 초등학생 아들과는 상관없는 일이야. 그렇지?"

미즈하라 할머니는 유조의 등을 툭툭 치시며 말씀하셨어.

"자, 그럼 나는 볼일이 있어서 잠깐 자리를 떠야겠구나. 유즈하, 내가 올 때까지 기다려 주겠니? 네 부모님께 드릴 선물을 준비해야 하거든. 유, 유즈하는 우리 집에 온 손님이니까 내가 올 때까지 잘 대접해야 한다."

미즈하라 할머니는 그렇게 말씀하시고는 집 안쪽으로 사라지셨어. 유조는 멍한 표정으로 롤케이크 한 조각을 집어 덥석 물더니 단 두 입 만에 먹어 치우더라. 유조가 생크림이 묻은 투박한 손가락을 핥는 모습을 쳐다보던 나는, 문득 미즈하라 할머니의 밭이 왜 저렇게 잘 가꾸어져 있는지 깨달았어. 유조가 정성스럽게 손질해 왔기 때문이었지.

"저기…… 지난번엔 고마웠어."

유조가 의아하다는 표정으로 나를 바라봤어.

"그때 네가 나를 막지 않았다면 꼬겐타, 아니 고토가

크게 다쳤을지도 몰라.”

아아, 그 얘기였구나 하듯 유조는 어깨를 으쓱했어.

“유조는 늘 고토나 아키토와 함께 있지만 걔들과는 다른 사람이라고 생각해.”

그 순간 유조가 힐끗 째려봐서 약간 겁먹긴 했지만, 나는 말을 계속 이어 나갔어.

“유조는 말수가 적긴 해도 할머니를 소중히 생각하는 마음을 지녔잖아. 그리고 여자아이들을 괴롭힐 타입 같지도 않고. 그 아이들과 어울리는 게 재미있니?”

유조는 잠시 생각에 잠긴 듯했지만 이내 결심한 듯 말했어.

“아빠가 ‘너는 몸집이 크니까 지켜 줘야 한다.’라고 하셨거든.”

“지켜 주다니, 고토를?”

유조가 고개를 끄덕였어.

“우리 가족에게 있어서 고토 집안은 엄청난 은혜를 베풀어 주신 신과 같은 존재니까. 그래서 나도 은혜를 갚아야 한다고 하셨어.”

“그렇지만 조금 전 할머니도 말씀하셨듯이 그건 애들

과는 상관없는 어른들 이야기잖아. 그러니까 우리는 조금 더 자연스러워도 되지 않을까? 잘 생각해 봐. 만약 은혜를 갚아야 한다거나 하는 마음이 없었다면 너는 고토 패거리와 친구가 됐을까?"

유조는 입을 다물고 말았어.

"잘못 짚었다면 미안해. 원래 너는 고토나 아키토 패거리보다는 고가네이 쇼 같은 애랑 친구가 될 것 같은 타입이라고 생각하거든."

"걔한테는 못 할 짓 했다고 반성하고 있어."

뭐? 유조는 이전에 쇼를 몸으로 들이받은 걸 후회하고 있나 봐.

나는 이미 미키에게 그 이야기를 들어서 알고 있었지. 쇼는 몸이 붕 뜬 채 날아가 바닥에 엉덩방아를 찧고는 거꾸로 구르면서 자빠졌다고 했어.

"그땐 그 녀석이 미워서 그런 게 아니라, 그냥 고토를 지켜야겠다는 생각뿐이었어. 평소에 스모를 자주 봐서 나도 모르게 그대로 따라 했던 거지. 아직 4학년이었고, 힘을 조절할 줄도 몰랐고……."

예전에 어느 코끼리 조련사가 말했어. 코끼리는 무척

온순해서 누워 있는 사람의 몸 위에 발을 얹을 때 절대 체중을 싣지 않는다고 말이야. 서커스 공연을 위한 연출이라서 그렇기도 하지만, 자신이 체중을 실으면 누워 있는 사람의 몸이 터져 버린다는 걸 알고 있어서라나?

유조한테도 코끼리의 온순함 같은 게 있는 걸까? 본디 체격이 우람한 아이들은 힘 조절이 얼마나 중요한지를 아는 것 같아.

"그렇지만 쇼가 다치진 않았잖아?"

"그래도 몸이 붕 뜬 걸 봤을 땐 나도 놀랐어. 그 이후로 그 녀석이 나를 피하더라고. 어쩌다 눈이 마주쳐도 외면해 버리고."

"쇼랑 화해하고 싶어?"

"그렇다기보다는 그냥 이전처럼 나를 대해 줬으면 좋겠어. 나한테 주눅 들 필요 없는데."

"그럼 네가 먼저 사과해 보는 게 어때?"

"뭐?"

"솔직하게 사과하면 쇼의 태도도 바뀌지 않을까 싶은데."

유조는 잠시 또 생각에 잠기더니 말했어.

"하지만 그 녀석이 날 피하잖아. 사과할 기회가 없을 것 같은데."

"우리가 그 기회를 만들어 줄게."

나는 미키한테 이 일을 의논해야겠다는 생각이 들었어. 같은 반장인 미키가 말하면 쇼도 유조의 사과를 받아 주지 않을까?

유조가 크게 한숨을 내쉬었어.

"그렇게…… 할게. 단, 사과는 그 둘이 보지 않는 곳에서 하고 싶어."

그 둘이란 건 꼬겐타와 아키토를 말하는 것 같아.

"알았어."

우리가 서로 약속했을 때, 미즈하라 할머니가 비닐봉지를 안고 나타나셨어.

"이거 부모님께 가져다드리렴."

봉지 안에는 주황색으로 잘 익은 감이 들어 있었어. 미즈하라 할머니의 집 뜰에는 커다란 감나무가 있거든.

미즈하라 할머니는 우리를 번갈아 보며 "하고 싶은 이야기는 다 한 거니?" 하고 물으셨어. 유조는 시무룩한 표정으로 가볍게 고개를 끄덕였고, 나는 큰 소리로 "네!" 하고 답했어.

　다음 날, 나는 학교에 가서 미키한테 어제 있었던 일을
이야기해 줬어. 미키는 놀라서 눈을 동그랗게 뜨고 내 얘
기를 듣더라고.

　"헉! 늘 넙적부리황새 같은 무서~운 얼굴을 하고 아~
무 말도 하지 않는 유조랑 대화를 했다니, 유즈는 역시 대
단해."

　넙적부리황새가 어떤 새인지 그때는 몰랐는데, 나중에
인터넷으로 검색해 보고는 웃음이 터졌지 뭐야. 유조와
분명 닮은 부분이 있더라고. 하지만 이 사실을 유조가 알
면 분명 상처받겠지?

　"쇼한테는 내가 말해 둘게. 하지만 유조가 정말로 쇼에
게 사과를 할까?"

　미키는 회의적인 눈빛이었지만 나는 "믿어도 돼." 하며
자신 있게 말했어.

　유조는 생각보다 빨리 결심을 행동으로 옮겼어. 그날
방과 후 꼬겐타가 유조에게 "야, 가자." 하고 말했지만 유
조는 따라나서지 않았거든. 내가 기억하는 한 유조가 꼬

겐타의 말을 거스른 건 그때가 처음이었던 것 같아. 꼬겐타는 의아하다는 표정을 짓더니 별말 없이 아키토와 함께 교실을 나갔어. 가오리, 유리, 레이나도 곧 자리를 떴고 교실에는 나와 미키 그리고 쇼와 유조만 남았지.

유조는 무서운 얼굴로 가만히 천장을 올려다보았어. 쇼는 책을 읽는 척하며 힐끗힐끗 우리 쪽으로 시선을 보냈지. 그 눈동자는 '저 녀석 진짜 나한테 사과할 생각이긴 한 거야?' 하고 말하는 듯했어.

그때 갑자기 유조가 우리를 슬쩍 쳐다보더니 이어서 교실 문 쪽으로 시선을 던지더라고. 아무래도 지금 우리보고 교실 밖으로 나가라는 뜻인 것 같았어. 쇼에게 사과하는 모습을 우리한테 보여 주기 싫었나 봐. 나는 미키의 팔을 잡고 교실 문 쪽으로 걸어갔어. 미키는 거기에 남고 싶어 하는 것 같았지만, 결국 나한테 질질 끌려 교실 밖으로 나왔지.

미키는 미닫이문을 닫자마자 문에 귀를 가져다 댔어. 나도 같은 자세로 교실 안의 상황을 파악하고 싶었지만 아무 소리도 들리지 않더라고. 그렇게 약간의 시간이 흐른 뒤 문득 이쪽으로 걸어오는 발소리가 들려서 우리는 황급히 문에서 떨어졌어. 드르륵 하고 문이 열리는 소리와 함께 나타난 건 유조였어.

유조는 우리에게 눈길도 주지 않고 혼자 복도 끝을 향해 걸어가더라. 혹시…… 사과를 못 한 건가? 걱정이 돼서 교실에 들어가 보니 쇼는 집에 갈 준비를 하고 있었지.

"어떻게 됐어?"

나와 미키가 동시에 질문했어.

"뭔가 작은 목소리로 말하던데……. 잘 안 들렸어."

이런! 유조는 몸집은 큰데 목소리는 확실히 작은 것 같아. 쇼는 "그럼 내일 보자." 하고 인사하더니 우리를 뒤로 한 채 교실을 나가 버리는 거 있지? 그러니까 유조는 어렵게 결심하고 쇼에게 사과했는데, 그게 전해지지 않았다는 거야? 나는 마치 그것이 내 일인 양 억울한 기분이 들었어.

11
변화의
조짐

그로부터 며칠이 지났지만, 남학생들의 세력 구도에는 크게 변함이 없어 보였어. 쇼는 여전히 자기만의 세계에 갇혀 다른 남학생들과 어울리지 않았고, 유조도 꼬겐타의 보디가드 역할에 충실했거든.

나는 쇼와 유조가 교실에서 거의 말을 하지 않는다는 공통점을 발견했어. 미키가 유조더러 넓적부리황새를 닮았다고 했는데, 쇼도 유조 못지않게 꽤 무뚝뚝한 느낌이라니까.

"쇼 옛날에는 저렇지 않는데. 말을 엄청나게 잘해서 나조차도 말솜씨로는 도저히 당해 낼 수 없다고 생각했거든."

미키의 말에 따르면 쇼는 밀주변도 좋고 성직도 우수해서 그 누구보다 반장으로서 적격이었다고 해. 그런데 이렇게 변해 버렸다니……. 역시 그때 유조에게 당했던 일이 엄청난 충격이었던 모양이야.

그러던 어느 날 점심시간, 우리가 기대하던 사건이 드디어 일어나고 말았어.

그날 급식 당번은 유리와 레이나였어. 유리는 밥과 반찬을, 레이나는 된장국을 반 친구들에게 나눠 주고 있었어. 그런데 레이나가 된장국을 그릇에 담아 꼬겐타에게 건네주려다가 그만 손이 미끄러진 거야. 그러자 국그릇이 테이블 위에 엎질러졌고, 국물과 건더기가 꼬겐타의 바지에 튀어 버렸지.

"앗, 뜨거워!"

꼬겐타가 발을 동동 구르며 소리 질렀어. 꼬겐타가 입고 있던 옅은 황백색 바지에 갈색 얼룩이 생겼거든.

"무슨 짓이야? 이 바보야! 이거 산 지 얼마 안 되는 새 옷이라고!"

"미안."

레이나가 황급히 행주를 집어 들고는 바지의 얼룩을 닦아 내려고 했어.

"그런 걸로 닦아 봤자 안 빠져!"

그래도 레이나는 젖은 행주로 열심히 얼룩을 문질렀어. 하지만 별 소용은 없었지.

"짜증 나! 이 뚱보! 네가 굼뜬 뚱보라서 이런 일이 생기는 거야!"

"미안해, 미안해."

연신 사과하며 어떻게든 얼룩을 지우려는 레이나를 향해 꼬겐타는 "이 굼벵이! 뚱보!"라며 계속해서 악담을 퍼부어 댔어. 아무 관련 없는 아키토마저 꼬겐타의 옆에 딱 붙어서는 "뚱보, 뚱보!" 하며 함께 놀리기 시작했지. 통통한 체형 때문에 늘 고민하는 레이나에게 분명 견디기 힘든 굴욕이었을 거야.

레이나는 눈물을 뚝뚝 흘리면서도 얼룩을 닦는 걸 멈추지 않았어. 나는 더 이상 보고만 있을 수 없어서 뭐라도 해야겠다 싶었지. 그런데 그때 놀랍게도 쇼가 큰 소리로 말했어.

"사과하고 있으니 그만 용서해 줘."

처음 듣는 쇼의 맑고 힘찬 목소리였지.

꼬겐타는 눈을 부릅뜨고 쇼 쪽을 돌아보더라고. '어떻게 저 녀석이 저런 소리를 할 수 있지?' 하고 황당해하는 눈치였어. 문득 정신을 차린 꼬겐타가 위협적으로 받아치더라.

"감히 누구한테 하는 말이야?"

"누구긴 누구야? 너한테지."

쇼가 기죽지 않고 침착한 목소리로 답했어. 난 흘끗 유조를 바라봤는데, 나 몰라라 하는 태도로 정신없이 급식을 먹고 있지 뭐야? 꼬겐타도 유조를 향해 '이봐, 뭐 하는 거야? 빨리 도우러 와.' 하는 듯한 시선을 던지더라고. 하지만 유조는 꼬겐타를 쳐다보지 않고 묵묵히 계속 밥만 먹었어.

잘했어, 유조. 부모들 사이의 관계 따윈 신경 쓸 필요 없어. 그저 자기가 옳다고 생각하는 일에 충실하면 되는 거야.

"제길! 야, 뚱보. 세탁비 청구할 테니까 그리 알아!"

레이나가 고개를 끄덕였어. 꼬겐타는 그 후에도 한참을 투덜대다가 간신히 발길을 돌려 자기 자리로 되돌아갔지.

이날의 사건을 계기로 반의 분위기가 조금은 바뀐 것 같아.

우선 꼬겐타가, 그 파리처럼 성가신 존재였던 꼬겐타가 전보다는 꽤 어른스러워졌다고나 할까? 자연히 꼬겐타 옆에 착 달라붙어 있던 아키토의 말수도 조금씩 줄어들더라고. 그 결과 늘 긴장감이 감돌던 교실 분위기가 차츰 누그러지기 시작했어.

유조는 여전히 꼬겐타 무리에 속해 있었지만 더 이상 보디가드 역할은 하지 않는 것 같았어. '그럼 이제 쇼하고 어울리면 될 것 같은데.' 하고 생각했지만 이 둘 사이에는 여전히 대화가 없었어. 유조와 쇼, 분명 마음이 잘 맞는 친구가 될 것 같은데 말이지. 뭐 남학생끼리의 관계는 우리 여학생들이 생각하는 것보다 훨씬 복잡할지도 모르지만.

그래도 쇼는 가끔 여학생들, 특히 어릴 때부터 친하게 지내 온 미키하고 다시 대화를 하기 시작했어. 멋진 쇼와 미소가 사랑스러운 미키는 너무 잘 어울리는 조합이야.

반의 분위기가 좋아지면서 드디어 여학생들의 얼굴에도 미소가 번지기 시작했어. 부디 이 상태가 계속되었으

면 좋겠다고 생각했지. 그러던 어느 날, 안타깝게도 이런
바람을 송두리째 꺾어 버리는 사건이 발생했어.

12
거짓말쟁이는
싫어

지금까지 본 적 없는 많은 눈이 내렸어. 나는 새삼 내가 엄청난 곳으로 이사 왔다는 걸 깨달았어. 겨울이 되니 눈이 많이 오는 데다 길이 위험해서 전기 자전거도 탈 수 없었지. 그래서 요즘은 아빠가 아침마다 학교까지 차로 데려다주고 있어. 근데 아빠는 운전이 서툴고 바퀴에 스노 체인 장착하는 것도 깜박 잊어버리기 일쑤야. 게다가 스노 체인을 채우는 방법을 몰라서 한 시간도 넘게 헤맨다니까. 그 때문에 몇 번이나 차가 계곡 아래로 굴러떨어질 뻔하기도 했어. 이러다 여기서 죽는 거 아닌가 싶었던 적도 여러 번 있지만, 그래도 나는 다테시로에서 사는 게 마음에 들어.

여름에는 집 가까이에 있는 계곡에서 물놀이나 낚시를 할 수 있어. 가을에는 온 마을이 형형색색의 단풍잎으로 뒤덮여서 믿을 수 없을 정도로 아름다운 풍경을 만들어 내지. 겨울은 무척 춥긴 하지만, 도시에서는 상상도 못 할 만큼 눈이 많이 내리니까 눈사람을 만들거나 눈싸움을 할 수도 있어. 스키장도 바로 근처에 있어서 주말 스키 교실에도 다닐 수 있어 엄청 재미있다고.

하지만 이곳 다테시로가 마음에 드는 가장 큰 이유는 역시 친구들이야. 여학생들끼리는 모두 사이가 좋고, 우리 반 왕따 문제도 어느 정도 해결돼 가고 있어서 요즘엔 학교 가는 게 너무 즐거울 정도라니까.

그런데…… 어느 날 학교에 갔더니 최근 조용하던 꼬겐타가 히쭉히쭉 웃으며 다가오더라. 그러더니 "넌 이제 죽었어!" 하고 소리 지르는 거 있지? 나는 무시했지만 "야, 안 들리냐? 비엔나소시지?"라며 끈질기게 시비를 걸더라고. 나는 '어라? 돼지 등심 아니었어?'라고 대꾸하려 했지만 아무려면 어때 싶었지. 그냥 무시하고 자리로 가서 책가방을 의자 등받이에 걸었어. 그러자 꼬겐타가 다시 말하더라고.

"왜 계속 등교하는 거야? 빨리 이사 가야지. 너희 그 허름한 슈퍼는 곧 사라지니까."

뭐? 이 녀석이 지금 무슨 소리를 하는 거야?

"몰랐냐? 우에하타 촌구석 방해꾼들은 이제 전부 쫓겨 나는 거 말이야."

"그럴 리 없어. 우에하타에 온천 스키 리조트 같은 건 필요 없으니까."

"그렇게 고집부리던 사람들도 모두 떠나기로 했는데? 너희 슈퍼도 망할 일만 남았어."

"거짓말하지 마. 우리는 안 나가."

정말이야. 이 마을을 떠나지 않으려고 엄마와 아빠가 주민들과 합심해서 얼마나 노력하고 있는데.

"돈도 받았는데?"

"돈?"

"그래, 돈을 받았으니 당연히 나가야지."

"그런 거 받은 적 없어."

"받았어. 너희는 진 거야! 그러니까 모두 우에하타에서 나가야 해! 얘기 못 들었구나? 바~보!"

꼬겐타가 승리한 듯 우쭐해져서 마구 떠드는 바람에 나는 머리끝까지 화가 치밀었어.

"거짓말하지 마! 안 나가! 바~보."

꼬겐타와 같은 식으로 대응하는 게 좋은 방법은 아니지만, 난 너무 화가 나 있었거든. 여학생들은 무슨 일인가 하는 표정으로 이쪽을 돌아보더라고. 유조와 쇼도 걱정스러운 눈빛으로 나를 바라봤어. 괜찮아. 꽃병을 집어 던지거나 하진 않을 테니 걱정 말라고.

꼬겐타는 콧방귀를 뀌더니 금세 어디론가 가 버렸어. 녀석이랑 조금 더 말다툼하고 싶었는데 김이 빠져 버렸지.

학교를 마치자마자 나는 집으로 달려갔어. 늘 아빠가 차로 데리러 올 때까지 기다렸지만, 오늘은 빨리 집에 가서 어떻게 된 일인지 물어보고 싶었거든. 다행히 아침에 내린 눈은 가랑눈이라 길 위가 사박사박해서 미끄러지거나 넘어지지는 않았어.

내가 집에 도착했을 때, 아빠는 마침 가게에서 나와 차고로 향하던 참이었어.

"유즈뽕, 웬일이야? 지금 데리러 가려고 했는데. 얼굴이 왜 그래?"

흘러나오는 콧물을 닦지도 않고 정신없이 달려왔더니 코 밑에 고드름이 얼어붙어 버렸나 봐.

"여기 나간다는 거 정말이에요?"

나는 고함치듯 물었어. 순간 아빠 표정이 확 바뀌더라고. 다시 한번 물었어.

"정말이에요?"

"일단 안으로 들어가자."

우리는 가게 뒷문을 통해 거실로 들어갔어. 아빠가 휴지를 건네줘서 나는 힘껏 코를 풀었지. 따뜻한 차를 준비해 오겠다고 말하는 아빠에게 나는 괜찮으니 빨리 설명부터 해 달라고 부탁했어.

"그래. 그럼 어디서부터 시작할까……."

아빠는 이야기를 시작했지만 말을 더듬거리며 에둘러 대는 바람에 솔직히 무슨 뜻인지 잘 이해가 안 됐어. 나는 아빠의 말을 끊고 다시 물었지.

"그러니까 우리가 여기서 나간다는 말이에요?"

"음……. 아니, 아직 정식으로 결정된 건 아니야."

"그래도 가게는 계속하는 거죠?"

"아니, 그것도 아직. 정식으로……."

"가게 문 닫을 거야."

방금 전까지 가게를 보고 있던 엄마가 어느새 거실로 와서 아빠 대신 답했어. 아빠가 당혹스러운 표정으로 엄마를 바라보더라고. 엄마는 "괜찮아요. 이제 유즈하에게도 분명하게 설명해 줘야죠."라고 말하는 거 있지?

"이 마을 주민 대다수가 떠나기로 했어. 그러면 우리 슈퍼를 이용할 손님이 없어질 텐데, 우리도 슈퍼를 계속할 의미가 없는 거지."

"리조트 손님이 올지도 모르잖아요?"

그러자 아빠가 답했어.

"리조트 안에 대형 쇼핑몰이 생긴다고 하던데, 그런 곳과 경쟁해서는 우리가 이길 수 없어."

"해 보지도 않고 어떻게 알아요!"

나도 모르게 부모님께 고함을 치고 말았어. 우리 반을 다시 평화롭게 만들기 위해 나와 미키가 얼마나 노력했는데. 그렇게 고생해서 겨우 꼬겐타를 이겼는데. 어른들은 대체 왜 포기해 버리는 거야? 오늘 아침 꼬겐타가 승리한 듯 우쭐해하던 표정이 떠올라서 나는 더 화가 났어. 이러

면 그동안 우리가 해 온 노력이 물거품이 돼 버리는 거잖아. 결국 우리는 꼬겐타 가족한테 지는 거잖아!

나는 뜨거워진 눈시울을 꾹 누르며 물었어.

"돈 받았어요?"

아빠가 의아하다는 표정을 지었어.

"뭐?"

"돈 받았으니까 나가는 거잖아요! 그런 건 비겁해요!"

볼을 타고 눈물이 마구 흘러내리기 시작했어.

"돈이라면, 퇴거 보상금 말이니? 아직 안 받았어. 하지만 이 마을에서 나가게 되면 제대로 받을 거야. 그건 더러운 뇌물 같은 게 아니니까."

아빠가 설명했지만 나는 납득할 수 없었어.

"난 안 나갈 거예요. 이곳이 마음에 들고 모처럼 친구들도 생겼는데 또 이사하는 건 싫다고요. 돌아가신 할아버지도 용서 안 하실 거예요. 난 혼자서라도 여기 남을 거야!"

엄마와 아빠는 곤혹스러운 듯 서로를 마주 봤어.

그날 이후, 나와 부모님의 관계는 계속 삐걱댔어. 엄마도 아빠도 여기서 나가지 않겠다고 나와 약속했는데 대체 왜 이제 와서 마음이 변한 걸까? 나는 거짓말하는 어른이 너무너무 싫단 말이야.

하지만 슈퍼 일은 계속해서 열심히 도왔어. 엄마, 아빠를 위해서라기보다는 가게를 위해, 그리고 돌아가신 할아버지를 위해서 말이야. 할아버지, 걱정하지 마세요. 제가 반드시 이 가게를 지킬 테니까요.

"잠깐 외출하니까 가게 좀 부탁해."

어느 날 오후, 엄마와 아빠는 이렇게 말한 뒤 집을 나섰어. 왠지 이전보다 더 바빠 보이는데, 혹시 새로운 생활을 위한 준비 때문일까? 물론 나하곤 상관없는 일이지만. 난 뚱한 표정으로 부모님을 배웅했어.

아빠 차가 굽은 길을 돌아 시야에서 사라질 때쯤 가게 전화가 울렸어. 수화기를 통해 미즈하라 할머니의 목소리가 들려왔지. 배달을 부탁하는 전화였는데, 겨울이라 전기 자전거를 탈 수도 없고 엄마, 아빠는 외출 중이라 곤란하다고 말했어. 솔직히 나는 마을을 떠나는 일에 관해 미즈하라 할머니에게도 실망했던 터라 살짝 차갑게 대응했지. 조상 대대로 살아온 땅을 포기하고 싶지 않다고 하셨잖아. 근데 왜 이사 가기로 마음을 바꾸신 거지? 정말 미즈하라 할머니에게 너무나 실망했다고. 물론 꼬겐타 아빠네 회사에 다니는 가족이 있어서 어쩔 수 없었을 거란 생각도 들긴 했지만.

그런데 수화기를 내려놓자마자 후회가 밀려왔어. 너무 퉁명스럽게 대답했나 싶어 죄송한 마음이 들었거든. 하지만 지금 배달을 나갈 수 없는 건 사실이잖아…….

시간이 얼마나 지났을까. 문득 창밖을 보니 지팡이를 짚으면서 눈길을 내려오는 사람의 모습이 보였어. 금방이라도 넘어질 듯 아주 위태로운 발걸음으로 한 발 한 발 천천히 내디디며 걸어오고 있더라고.

미즈하라 할머니였어. 배달할 수 없다고 했더니 할머니가 직접 슈퍼까지 찾아오신 거야…….

'위험하신데!' 하고 생각하던 찰나, 미즈하라 할머니는 눈길에 발이 미끄러져 크게 엉덩방아를 찧으시고 말았어. 그러더니 전혀 움직이지 않으셨어. 마침 우연히 그곳을 지나던 행인이 놀라서 "괜찮으세요?" 하며 미즈하라 할머니를 부축해 일으켜 세우더라고. 나는 재빨리 미즈하라 할머니에게 달려갔지.

13
과한 건
좋지 않지만

미즈하라 할머니는 아무래도 허리뼈가 부러지신 것 같
아. 게다가 연세가 많으신 탓에 앞으로 어쩔 수 없이 휠체
어 생활을 하시게 될지도 모른대.

그 이야기를 듣고 나는 죄책감에 시달렸어. 미즈하
라 할머니가 전화하셨을 때 조금 더 정성껏 응대해 드릴
걸⋯⋯. "아빠가 돌아오시면 바로 배달해 드릴게요. 어떤
걸 주문하시겠어요?" 하고 여쭤봤다면 할머니가 여기까
지 일부러 찾아오실 일은 없었을 텐데.

할머니가 넘어지시는 걸 보았을 때 나는 일단 구급차를
부르고 학교에도 연락을 취했어. 유조한테 바로 연락하고

싶었지만 전화번호를 몰랐거든. 그래서 요코가와 선생님한테 유조의 할머니가 눈길에 넘어지셔서 구급차를 불렀다고 알려 드렸지.

구급차가 도착하자마자 미즈하라 할머니는 들것에 실려 병원으로 가셨어. 나는 가게를 봐야 해서 함께 갈 수는 없었어.

다음 날 학교에서 만난 유조는 나에게 고맙다며 할머니가 입원해 계신 병원 이름을 알려 주더라고. 하지만 내가 무슨 낯으로 할머니를 뵐 수 있을까. 죄송스런 마음에 바로 병문안할 용기가 나지 않았어.

그러던 어느 날, 마침내 나는 할머니의 병문안을 가기로 결심했어. 그런데 엄마, 아빠가 함께 가겠다는 거 있지? 나는 혼자 가고 싶다며 거절했어.

다테시로역에서 지하철을 타고 세 정거장 가서 내린 후 제법 규모가 크고 현대적인 모습을 한 건물을 찾아갔어. 그 건물 안에 미즈하라 할머니가 입원해 계신 병원이 있거든. 미즈하라 할머니는 6인 병실에서 가장 창가 쪽 침상에 계셨지. 마침 할머니가 곤히 잠들어 계시기에 병문안 선물로 들고 간 멜론만 두고 그냥 나오려고 했어. 그런데 할머니가 인기척을 느끼곤 슬며시 눈을 뜨시더라고.

"어머나, 유즈하네."

병상에 누운 채 쉰 목소리로 말씀하시는 미즈하라 할머니를 보니, 왠지 전보다 더 나이를 드신 것처럼 느껴졌어.

"죄송해요, 할머니."

"이런, 이런. 울지 마. 난 괜찮으니까."

나는 가방에서 얼른 휴지를 꺼내 코를 풀었어.

"다 내 잘못이야. 집에서 얌전하게 기다리면 될 것을. 간장이랑 된장이 똑 떨어졌다는 걸 알자마자 그냥 내가 빨리 가서 사 와야겠다 싶더라고. 그런데 어이없게 넘어지다니."

미즈하라 할머니가 힘없이 웃으셨어.

"역시 나이 앞에서는 장사가 없더구나. 이젠 허리도 무릎도 삐꺽거리고, 뼛속은 구멍이 숭숭 나 있고 말이지. 특히 여자는 뼈가 약해지기 쉬워. 3년 전까지는 나도 운전을 했는데, 백내장이 심해지는 바람에 면허를 반납해 버렸단다……."

나는 예전에 미즈하라 할머니가 상대방의 입장에서 생각하는 게 중요하다고 하셨던 말씀이 떠올랐어. 허리와 무릎 상태가 좋지 않아서 평평한 길을 걷기도 힘겨우실 텐데. 하물며 지금은 겨울이라 집 앞에 쌓인 눈을 치우는 힘든 작업도 하셔야 하고. 미즈하라 할머니에겐 평범한 일상생활도 나보다 백배는 더 고생스러우실 거야.

"유가 있어서 여러모로 도움이 되지만, 그렇다고 계속 부탁할 수도 없는 일이잖니? 앞으로는 공부도 점점 더 어려워질 테고, 한창 친구들이랑 놀고 여자 친구를 사귀고 싶은 나이이기도 하니까."

미즈하라 할머니의 의미심장한 눈빛에 당황해서 눈동자가 마구 흔들렸어.

"이런 나를 언제까지고 돌봐야 한다면, 유가 너무 불쌍하잖아."

그때 번뜩 머릿속을 스치는 생각이 있었어.

"그래서 이사 가시는 거예요?"

미즈하라 할머니가 겸연쩍다는 듯 고개를 끄덕이셨어.

"정말 떠나기 싫지만 어쩔 수 없었어. 이야기를 들어보니 신축 맨션 1층에는 재활 병동과 진료소가 있다고 하더구나. 관리인이 제설 작업도 해 준대. 방은 좀 작긴 하지만, 사실 지금 사는 집이 너무 큰 거지……."

나는 예전에 아빠가 말했던 게 기억났어.

"그게 콤팩트 시티라는 곳인가요?"

"아마 그럴 거야. 나도 자세한 건 잘 모르지만, 맨션 가까이에 여러 시설이 모여 있어서 버스나 지하철을 타고 멀리 갈 필요가 없다더구나. 게다가 우리 사위가 다니는 회사에서 만든 맨션이라 나는 우선적으로 입주할 수 있다니 다행이지 뭐냐."

나 같은 건강한 어린아이들은 딱히 필요성을 느끼지 못하지만, 미즈하라 할머니처럼 나이 드신 분들한테 그런 곳은 분명 천국일 거야. 그렇게 느끼는 건 아마 미즈하라 할머니뿐만이 아닐 거고. 우에하타 주민 대부분이 할머니, 할아버지이니까.

주민들의 상황도 모른 채, 나는 그저 꼬겐타에게 지기 싫다는 이유만으로 퇴거 반대를 외치고 있었던 거구나…….

하지만 여전히 납득이 안 되는 부분이 있었어. 나는 이 점을 분명히 하기 위해 집으로 돌아와 아빠에게 이것저것 질문하기 시작했어.

내가 질문을 쏟아 내자 아빠는 잠시 생각에 잠긴 듯 팔짱을 끼고 앉아 있더니 이윽고 입을 열었어.

"유즈뽕이 하고 싶어 하는 말이 뭔지 잘 알 것 같아. 오로지 인간의 편의만을 위해 산림을 파괴하는 행위는 많은 비판을 받고 있거든. 그 때문에 지구가 더 뜨거워지고, 동물들이 살 곳을 잃게 되니까. 하지만 환경 파괴를 100퍼센트 막으려 든다면 인류는 옛날로 돌아가서 막집이나 동굴에서 살아야 해. 유즈뽕은 가스나 전기, 수도가 없는 생활을 할 수 있겠니?"

그건…… 솔직히 자신 없긴 해. 하지만 대규모 온천 스키 리조트는 인간에게 꼭 필요하다기보다 즐거움을 위해 산을 통째로 깎아 내는 거잖아? 그래도 되는 거야?

"시골 지역은 이미 오래전부터 인구가 급속히 줄어들고 있어. 다테시로도 딱히 대표할 만한 산업이 없어서 대부분의 젊은이들이 도시로 떠나 버렸지. 특히 우에하타에는 유즈뽕을 제외하면 어르신들밖에 안 계시잖아. 이대로 가면 여기는 곧 망하고 말 거야. 우리 조상님들도 그런 사태를 바라진 않으셨을 거 아니니? 하지만 여기에 온천, 스키장, 리조트를 만들면 일자리가 생기고 여행객이 몰려올 거야. 그럼 이 지역은 다시 활기가 넘치겠지? 젊은이들도 다시 돌아올 테고. 다테시로의 주민들 모두가 그걸 바라고 있어. 그래서 결국 우리도 찬성한 거야."

엄마도 아빠와 같은 생각이라는 듯 말을 보탰어.

"지역 전체를 보더라도 인구가 급격히 줄어서 전국적으로 빈집이나 사라지는 마을이 늘고 있거든. 다테시로는 그런 흐름을 막으려는 거야."

사실 그렇게 생각한다면 나쁘게 볼 수만은 없는걸.

작년 여름, 우리 가족이 오키나와 리조트 호텔에 묵었을 때의 기억이 문득 되살아났어. 그 호텔은 무척 세련된 시설이었어. 욕실에서 푸른 바다를 바라볼 수 있었지. 대형 수영장과 스파도 있어서 우리는 2박 3일 동안 그곳에서 즐거운 시간을 보냈어. 그런데 생각해 보면 그 리조트도 환경을 파괴해서 지은 거잖아?

과도한 건 좋지 않지만, 아무것도 없는 것 역시 섭섭하긴 해. 나도 다테시로가 소멸돼 버리는 건 싫어.

"그렇군요. 그치만 슈퍼를 그만둬도 여기 남을 수는 있는 거죠? 아빠도 다테시로에 있는 회사에 다니면 안 돼요?"

아빠는 또 생각에 잠겼지. 그러자 엄마가 아빠를 대신해서 답해 줬어.

"방금 아빠가 말했듯 다테시로에는 이렇다 할 산업이 없어. 일할 곳이라고는 고토 개발 정도인데, 그래도 괜찮겠니?"

아뇨……. 그건 정말 싫어요.

14
바보의 눈에서도
눈물이

아빠가 콤팩트 시티에 있는 거래처를 방문한다는 말에 나도 한번 가 보고 싶은 마음이 들더라고. 그래서 아빠를 따라나서기로 했어.

"따라와도 되지만, 아빠는 바빠서 너를 신경 써 줄 수 없을 거야."

"괜찮아요. 혼자 돌아다닐 거니까요."

"그러다 길을 잃어버리면 어쩌려고?"

"그럴 리가요. 휴대폰으로 위치 정보도 확인할 수 있는 걸요."

다테시로에서 차로 30분 정도 달리자 콤팩트 시티에

다다랐어. 마을에 도착한 순간 왠지 모르게 그리운 느낌이 들던 거 있지? 잠깐이긴 했지만 '설마 여기는 도쿄?' 하고 착각했을 정도라니까. 주변에 있는 모든 건물이 새로웠어. 유리창으로 둘러싸인 고층 건물 1층에는 세련된 카페와 유행하는 패션 브랜드, 패스트푸드 가게들이 쭉 늘어서 있더라고.

"다이칸야마 같은 곳이네⋯⋯."

아빠도 이곳은 처음 와 본다고 하면서 무척 감탄하더라고.

"그럼 아빠는 한 시간 반쯤 뒤에 돌아올 테니까, 너무 멀리 가면 안 된다."

우리는 역 앞 광장에 있는 발레리나 조각상 앞에서 만나기로 하고 헤어졌어.

다시 한번 주변을 둘러보니 아빠 말대로 정말 다이칸야마 같은 분위기가 풍기더라. 시부야나 신주쿠처럼 거대하지는 않지만, 아담하면서도 차분함이 느껴지는 어른들의 마을이랄까? 여기라면 노인들도 안심하고 생활할 수 있을 것 같아.

광장 건너편에는 병원이 있고 그 옆에는 쇼핑몰, 우체

국, 은행, 관공서도 있는데, 어디든 걸어서 2, 3분 만에 갈 수 있는 거리야. 게다가 모든 곳이 배리어 프리(노인, 장애인과 같은 사회적 약자의 불편을 제거한 환경)라서 미즈하라 할머니도 마음 놓고 다니실 수 있을 것 같았어.

꼬겐타 아빠, 제법인걸…….

광장을 벗어나 조금 걸어갔더니 유명 프랜차이즈 입시 학원의 간판이 눈에 들어왔어. 와…… 이런 것까지 있다니! 감탄하며 잠시 멈춰 서서 그 건물을 바라보았지. 그때 마침 수업이 끝났는지 학생들이 왁자지껄 떠들며 건물 밖으로 쏟아져 나왔는데, 중학생들도 섞여 있는 것 같았어.

그런데 꽤 낯이 익은 얼굴이 보이는 거야. 바로 꼬겐타 였어! 꼬겐타는 자기랑 똑 닮았지만 키가 조금 더 큰 형처럼 보이는 남학생과 함께 이쪽으로 걸어오더라고. 같이 이 학원에 다니고 있나 봐.

나는 엉겁결에 건물 벽 뒤로 숨었어. 큰 꼬겐타(이름을 모르니까 이렇게 부를게)는 계속 작은 꼬겐타(우리 반 꼬겐타)에게 뭐라고 말을 하더라고. 두 사람이 내 앞을 지나쳐 가는 걸 몰래 숨어서 지켜보던 나는 조심스럽게 그 뒤를 따라갔지.

"너 지난번 테스트 결과 어땠냐?"

"뭐…… 그럭저럭."

"그럭저럭이라니? 너네 반 앞에 성적 붙여 놓은 거 봤는데, 너 수학 15점이라며? 어떻게 된 거야? 국어도 30점이었잖아. 부끄럽지도 않냐, 이 멍청아?"

찰싹하고 큰 꼬겐타가 작은 꼬겐타의 머리를 내리쳤어. 큰 꼬겐타는 아마도 친형인 모양이야. 그러자 작은 꼬겐타가 멀리서 봐도 알 수 있을 만큼 초췌해진 얼굴로 고개를 푹 숙이는 거 있지? 저렇게 주눅 든 꼬겐타는 처음 봤다니까.

"너는 부끄럽지 않을지 몰라도 나는 엄청 부끄럽다! 그러니까 따라오지 마."

형은 이렇게 말하고는 화가 난 듯 씩씩거리며 먼저 가 버렸어. 그런 형의 뒷모습을 바라보던 꼬겐타가 뭔가 불길한 예감이 들었는지 갑자기 뒤를 획 돌아보더라고. 눈이 딱 마주쳤지. 꼬겐타는 내가 자기를 쳐다보고 있는 걸 발견하고는 펄쩍 뛰어오를 만큼 놀라더라. 그 뺨에는 방금 흘러내린 듯한 눈물이 반짝반짝 빛나고 있었어.

다음 날 아침, 학교에 간 나는 어제 목격한 광경을 미키에게 이야기해 주었어.

"그 사람은 아마 꼬겐타의 세 살 위인 형일 거야. 꼬겐타 형은 머리가 무척 좋아서 꼬겐타 아빠가 엄청 예뻐한다고 들었어. 어릴 때부터 장차 네가 우리 회사의 사장이 될 거란 말을 듣고 자랐대. 그에 반해 동생인 꼬겐타는……."

맞아. 꼬겐타는 성적이 나쁘지. 그때 미키가 뭔가 번뜩 떠오른 듯 말했어.

"앗, 전에 꼬겐타가 4학년 무렵부터 변한 것 같다고 말했던 거 기억나? 그해에 유조가 전학 와서 든든한 보디가드 역할을 해 준 덕도 있지만, 그 이유만이 아닌 것 같아. 이제 알겠어. 우리가 4학년이 되던 해에 꼬겐타 형이 졸업해서 중학생이 됐기 때문이야. 무서운 형이 초등학교에서 사라졌으니 꼬겐타는 그때부터 자기가 하고 싶은 대로 하게 된 거지."

그러고 보니 어제 형의 행동이 너무 심하긴 했어. 동생의 머리를 쥐어박고 혼자서 가 버리다니. 만약 나한테 동생이 있었으면 절대 그렇게 대하지 않았을 거야.

학교에서는 기세등등한 꼬겐타가 알고 보면 집에서는 기죽어서 지내고 있었던 걸까? 그래! 그래서 우리 반 아이들한테 그 스트레스를 푸는 거였어. 우리한테는 전혀 달갑지 않은 일이지만, 꼬겐타의 마음을 조금은 알 것 같은 느낌이 들어. 바보 같은 꼬겐타의 마음 따위, 바보가 아닌 나는 절대 이해할 수 없다고 말한 거 살짝 반성하게 되네. 왠지 꼬겐타에게 잘해 줘야겠다는 생각까지 드는 걸. 꼬겐타의 눈물까지 봤으니까 말이야.

잠시 후 꼬겐타가 교실에 들어오길래 가만있다가 다가갔어. 꼬겐타는 눈썹을 치켜세우고는 "뭐야?" 하고 위협했지만, 귓불은 새빨개져 있더라고. 그래, 그렇겠지. 울고 있는 걸 나한테 들켰으니까. 우리 반 두목 체면이 아주 말이 아니네.

"뭐냐? 비엔나소시지!"

이 녀석, 평소와는 왠지 조금 다른걸? 비명에 가까운 톤으로 욕설을 해 대는 꼬겐타를 향해 나는 차분하게 "어머, 돼지 등심 아니었어?" 하고 대꾸해 줬어. 눈가를 실룩거리는 꼬겐타에게 내가 말했어.

"나, 콤팩트 시티에 다녀왔어. 엄청 좋은 곳이더라. 너네 아빠 제법이시던데?"

여기까지 말하고 나는 얼른 발길을 돌렸어. 얼빠진 표
정으로 나를 바라보는 꼬겐타의 모습이 시야 한구석에 들
어왔지.

15
인생은
원투 펀치!

　미즈하라 할머니가 퇴원하시던 날, 나는 다시 병원을 찾았어.

　병실에 가 보니 유조가 퇴원 준비를 돕고 있더라고. 한때 휠체어를 타게 될지도 모른다고 염려하셨는데, 다행히도 순조롭게 회복이 되셨다고 해. 재활을 열심히 해서 지금은 지팡이만 있으면 걸어 다닐 수 있게 되었다고 말이야. 미즈하라 할머니가 뺨을 붉히며 말씀하셨어.

　"내가 너무 힘들어서 포기하려고 할 때마다 물리 치료사 선생님이 친절한 미소로 '힘내세요. 꼭 걸으실 수 있어요.' 하고 격려해 주셨단다. 정형외과 선생님도 친절하게 진료해 주시고 말이야. 세상 참 좋아졌다 싶구나."

　미즈하라 할머니는 어릴 때 병원에 가면 의사 선생님이 무서워서 견딜 수 없었다고 해. 늘 퉁명스러운 표정으로 화내는 의사 선생님한테 누구도 말대꾸할 수 없었다고 하더라고. 너무 이상하지 않아? 의사 선생님도 실수하거나 환자를 잘못 진찰할 수 있잖아. 그래서 여러 의사 선생님한테 진료를 받아 봐야 한다는 말이 있는 거고.

　"지금 생각해 보면 옛날 사람들은 참 야만적이었어."

　옛날에는 요즘보다 여러모로 많이 엄격했다는 얘기는 자주 들었지만, 그래도 야만적이라는 표현은 조금 지나친 거 아닌가?

　"전에 여학생을 주먹으로 쥐어박은 선생님 이야기를 한 적 있지? 옛날엔 그런 사람들이 정말 많았다니까. 다 큰 어른이 주먹으로 학생을 때리는 건 범죄 행위인데."

　"그야 당연히……."

　"예를 들어 지하철 승강장을 생각해 봐. 요즘은 노란 점자 블록이 갖춰져 있고, 스크린 도어도 설치되어 있잖아. 옛날 지하철역은 어땠을지 상상이 가니?"

　"아뇨."

미즈하라 할머니 말에 따르면, 옛날 지하철역에는 스크린 도어는 물론 점자 블록도 없었다고 해.

"요즘엔 '타는 곳 안쪽으로 한 걸음 물러서 주시기 바랍니다.'라고 안내 방송이 나오지? 하지만 옛날엔 플랫폼 가장자리에 색 바랜 흰색 선 표시가 있었을 뿐 아무런 안전장치도 없었어. 그것도 자칫하면 열차와 부딪힐 수도 있을 만큼 아슬아슬한 위치에 그려져 있었지."

"그럼 몸이 불편한 사람이나 어린아이 들은 위험하지 않나요?"

"그땐 그런 배려 같은 건 전혀 없었지. 지금과는 비교할 수 없을 정도로 사회적 약자들이 생활하기 어려운 세상이었던 거야."

미즈하라 할머니는 계단을 예로 드셨어.

"오래된 건물에 들어가 보면 계단이 상당히 가파르단다. 교토에 있는 찻집 같은 곳도 특유의 정취가 있어서 좋긴 하지만, 몸이 불편한 사람들은 2층으로 올라갈 때 발을 헛디디지 않게 난간에 거의 매달리다시피 하며 조심히 올라가야 해. 계단이 너무 가팔라서 위험하거든."

그러고 보니 최근에 지어진 새 건물들은 계단 경사가

완만하고 경사대도 설치돼 있어. 노인이나 휠체어를 탄 사람도 오르내리기 쉽게 설계돼 있고 말이야.

"장애인 전용 화장실이나 주차장도 옛날에는 없었어. 공유지는 철망으로 둘러쳐져 있어서 마치 이 안으로 침입하면 가만 안 둘 거라고 경고하는 것 같았다니까? 이런 게 야만적인 것 아닐까?"

"아…… 그러네요."

"오래 살다 보니 세상이 점점 더 문화적으로 진보해 가는 게 피부로 느껴지더구나. 아아, 진짜로 살기 좋아졌구나 싶고. 유즈하나 유가 어른이 됐을 때는 더욱더 살기 좋은 세상이 되어 있을 거야."

이때 옆에서 지금껏 가만히 듣고만 있던 유조가 납득이 안 된다는 표정을 지었어. 미즈하라 할머니가 재빨리 눈치를 채고는 말씀하셨지.

"유, 하고 싶은 말 있으면 하려무나."

"전쟁이 시작됐잖아요. 모두가 설마설마했는데, 진짜로 일어났는걸요."

러시아와 우크라이나 전쟁을 말하는 것 같았어. 우리 아빠도 '21세기에 이런 침략 전쟁이 일어나다니, 믿을 수가 없네.' 하며 어이없어했는데. 인류는 이전 전쟁에서 아무것도 배운 게 없나? 과연 인류가 앞으로 나아가고 있는 게 맞나?

어른들 세계뿐 아니라 아이들 세계에도 여전히 왕따나 폭력 문제가 심각한데, 과연 우리가 문화적으로 발전했다고 할 수 있을까?

"쇼와 시대(일본 역사에서 1926~1989년을 가리킴)에 〈365보의 행진〉이라는 곡이 있었어. 아주 인기가 좋았지."

그러더니 미즈하라 할머니는 왠지 기운이 불끈 솟을 것 같은 노래를 부르기 시작하셨어.

행복은 우리에게 걸어오지 않아.

그러니 우리가 걸어서 가는 거야.

하루 한 발짝 사흘이면 세 발짝.

세 발짝 내딛고 두 발짝 물러나.

인생은 원투 펀치—

"이 세 발짝 내딛고 두 발짝 물러난다는 부분이 중요해. 아무리 전진해도 후퇴할 만한 사건은 또 일어난다는 거지. 하지만 세 발짝 내딛고 나서 두 발짝 물러나는 거 니까……."

"한 발짝은 전진했다는 거네요."

내가 답했어.

"그래. 서두르지 않고 천천히, 때로는 조금 후퇴하기도 하지만 우리는 착실하게 앞으로 나아가고 있는 거야."

나는 왠지 행복한 기분이 들었어. 그리고 집에 도착하 자마자 아빠에게 조금 전 미즈하라 할머니께 배운 걸 이 야기해 주었지. 아빠는 미즈하라 할머니가 무사히 퇴원하 신 것을 기뻐하더니, "과연 미즈하라 할머니네. 함축적이 면서도 좋은 표현이다." 하며 고개를 끄덕이더라고.

"아빠도 인류가 느리긴 하지만 좋은 방향으로 진화하 고 있다고 생각해. 예를 들면, 음…… 유즈뽕, 마리 앙투 아네트 알지?"

"네. 《베르사유의 장미》를 읽은 적이 있어서 알아요. 옛 날 프랑스의 왕비죠?"

"18세기에 혁명이 일어난 뒤 마리 앙투아네트는 사형 을 당했지. 단두대에서 목이 잘렸는데, 당시에는 그게 잔

인한 처형법이 아니었어. 왜냐하면 그 전까지는 사형 집행인이 커다란 도끼로 목을 내려찍었으니까. 단번에 목을 치는 집행인도 있었지만, 그게 안 됐을 경우 몇 번이나 도끼로 내리쳐서……."

"윽! 그만하세요, 아빠. 상상하기 싫어요."

"소름 끼치지? 그렇지만 단두대는 죄인의 목을 단번에 싹둑 자를 수 있으니까 고통을 느낄 새 없이……."

"제발 그만하세요! 알았어요!"

하지만 그 단두대도 너무 잔인해서 지금은 사용되지 않아. 아예 사형 자체를 폐지하는 나라도 많고. 아빠는 인류가 문화직으로 진보하고 있다는 걸 말하고 싶었던 것 같은데, 예시가 너무 엉망이야. 도쿄대 출신 중에는 역시 이상한 사람이 많은 걸까? 아니면 우리 아빠가 특이한 걸까?

16
안녕,
다테시로

3학기가 끝나 갈 무렵, 우리 가족은 다시 도쿄로 가게 되었어. 아빠가 찾아낸 새로운 일자리가 아다치구에 있는 공중목욕탕이었기 때문이야. 왜 공중목욕탕이냐고 물었더니 "슈퍼 다음으로는 공중목욕탕이 좋을 것 같아."라는 알 수 없는 답변이 돌아왔어. 나중에 엄마가 말해 주었지. "공중목욕탕 주인이 이제 그만 은퇴하고 싶어 하는데 자기 일을 물려받을 사람이 없다고 해서 싼 값에 넘겨받을 수 있었다." 하고 말이야.

아빠는 괜찮을까? 사실 슈퍼도 딱히 경영을 잘한 건 아니었잖아. 공중목욕탕을 하고 싶으면 꼬겐타 아빠 회사의 온천 스키 리조트에서 일하면 될 텐데. 그럼 우리도 여기에 계속 남을 수 있을 테고. 하지만 역시 그것도 좀 이상하긴 해.

슈퍼 폐점 할인 행사를 열자 우에하타 주민들뿐 아니라 반 친구들과 학교 선생님도 와 주셨어. 의외였던 건 꼬겐타도 나타났다는 거야. 여전히 "지저분한 가게네."라는 둥 악담을 늘어놓았지만, 50퍼센트나 할인하는 옥수수 과자를 대량으로 구매해 갔어.

미즈하라 할머니는 이제 지팡이 없이도 걸을 수 있을 정도로 회복하신 거 있지?

"수술하길 잘했어. 전부터 앓았던 허리 통증이 마법처럼 사라졌다니까? 그때 넘어진 게 오히려 잘된 일이었던 것 같아."

유조와 함께 슈퍼에 오신 미즈하라 할머니는 무척 기뻐하는 모습이셨어. 지난주에 역 앞의 광장이 한눈에 보이는 맨션 3층의 아담한 집으로 이사하셨다고 해. 듣기만 해도 무척 쾌적한 주거 환경인 것 같아.

"쇼와 때 지어진 일본 가옥과는 비교도 안 될 정도로

따뜻해. 단열재 처리도 잘돼 있고, 외풍도 전혀 안 들어와. 작으니까 청소하기도 좋고. 무엇보다 제설 작업을 하지 않아도 돼서 다행이야.”

결국 퇴거는 잘한 일이었구나. 미즈하라 할머니를 비롯한 어르신들은 이제 시골 산골짜기의 녹록지 않은 생활에서 해방되셨으니 평온한 여생을 보내실 수 있겠지.

“유즈하한테는 정말 신세 많이 졌어. 여름 방학 때 또 놀러 와. 유도 기뻐할 거야.”

유조는 평소보다 한층 더 뚱한 표정으로 미즈하라 할머니 옆에 우두커니 서 있더라고. 그런데 가만히 보니 유조, 진짜 넓적부리황새랑 똑 닮은 거 있지? 그 순간 나는 유조의 귓불이 평소보다 더 붉게 물든 걸 보았어.

반 친구들이랑 헤어지는 날, 나는 미키와 다른 여자 친구들한테서 멋진 가방을 선물로 받았어. 흰색 바탕에 붉은색과 검은색 선이 들어간 어른스러운 디자인의 가방이었지. 나도 4월부터(일본은 보통 3월에 졸업, 4월에 입학) 중학생이 되니까 사실 이런 걸 갖고 싶었거든.

“가오리가 고른 거야. 우리라면 스누피 캐릭터 필통 같은 걸 골랐을 테니까."

미키가 말하자 가오리의 뺨이 발그스레해졌어. 미키는 웃으면서 유리, 레이나와 함께 고개를 끄덕거렸지. 네 명이 다 같이 용돈을 조금씩 모아서 샀다고 해. 나는 친구들을 한 명 한 명 안아 주며 고마운 마음과 이별의 말을 전했어. 모두 고마워. 너희를 평생 잊지 않을 거야.

남학생들 가운데 제대로 인사를 나눈 건 쇼뿐이었어. 아키토는 나와 눈이 마주치려 할 때마다 당황해서 고개를 숙이고, 꼬겐타는 절대 나를 쳐다보지 않는 거 있지? 그 고집이 왠지 웃겨서 나도 모르게 꼬겐타의 등을 툭 치고 말았지.

놀라서 뒤돌아보는 꼬겐타에게 "잘 있어라, 바~보." 하고 최대한 껄렁하게 작별 인사를 해 줬어. 꼬겐타는 "냉큼 꺼져라, 바~보." 하고 답하더라고. 내가 풋 하고 웃음을 터뜨리자 꼬겐타 얼굴에도 살짝 미소가 번졌어.

유조와는 내가 교실에서 나가기 직전에 눈이 마주쳤는데, 정중하게 고개를 숙이더라고.

우리 가족이 새로 이사한 집은 공중목욕탕 근처에 있는

낡은 2층 단독 주택이야. 임대료가 싸서 바로 계약했다고 아빠가 말해 줬어. 그럴 만도 하지. 마룻바닥은 걸을 때마다 삐걱삐걱 소리가 나고, 일본 전통식 바닥재는 누렇게 변해서 보풀이 막 일어나 있었으니 말이야. 그래도 나는 이 집이 싫지 않아. 겨울에는 외풍이 셀 것 같긴 하지만, 우리는 이미 다테시로의 겨울을 경험했으니까. 거기에 비하면 도쿄의 기후는 온난하고 눈도 거의 오지 않아 제설할 필요도 없으니 거의 천국이라고 볼 수 있지.

분주하게 이삿짐을 정리하고 한숨 돌리기도 전에 새 학기가 시작되었어. 드디어 내가 중학생이 된 거야. 다테시로 친구들도 마찬가지로 모두 살짝 큰 사이즈의 교복을 입고 같은 중학교로 진학했다고 해. 그런데 6학년 때와 마찬가지로 중학교 역시 반이 하나뿐이라 모두 또 같은 반이 됐다지 뭐야? 그 친구들은 아무래도 서로 끊어질 수 없는 인연인가 봐. 다만 산기슭에 있는 초등학교에서 진학한 학생들도 있어서 학생 수는 배로 늘었다고 해.

우리는 휴대폰 메신저로 계속 연락하고 있어. 메신저에는 네 명의 여학생만 있는 방과 남학생들도 포함된 방, 두 채팅방이 있지. 하지만 꼬겐타와 아키토는 아직 제외돼 있어. 앞으로 이 둘이 조금 더 어른스럽게 행동하면 그때 채팅방에 초대해 줄 수도 있다고 우리끼리 이야기하는 중이야.

여학생만 있는 방의 주요 화젯거리는 같은 반 남학생들에 관한 거야. 이야기를 들어 보니 다른 초등학교에서 온 학생 중 꽤 멋진 남학생이 있나 봐. 이럴 때 나만 대화에 끼지 못하는 게 조금 섭섭하긴 해. 그래도 여학생들 연애 이야기는 그냥 듣고만 있어도 마냥 즐거운 법이잖아. 모두 한창 그럴 때니까.

하지만 이러니저러니 해도 미키가 가장 좋아하는 사람은 쇼라는 걸 나는 알ㄱ 있지. 후후.

그러고 보니 요전에 엄청난 일이 벌어졌던 거 있지? 세상에, 가오리가 꼬겐타한테서 편지를 받았다는 거야! 그동안 그렇게 괴롭혔으니 사과의 편지라도 썼나 보다 싶었지. 꼬겐타도 이제야 조금 철들었나 보네 하며 감탄했는데, 아무래도 사과의 편지는 아니었던 것 같아. 남학생이 관심 있는 여학생에게 건네주는 뭐 그런 종류의 편지였다고 해. 내가 이 이야기를 들었을 때 놀라서 뒤로 자빠질 뻔했다니까? 하지만 잘 생각해 보면 왜 그런지 알 것 같기도 해. 꼬겐타가 평소에 가장 집적거렸던 사람이 가오리였잖아. 꼬겐타는 좋아하는 마음을 그런 식으로 표현했던 거야. 그게 사실이라면 정말 말도 안 되는 일이지.

여학생들은 그냥 무시하면 된다고 충고하고 있지만, 가오리는 고민 중인가 봐. 나는 가오리가 '너한테 그런 마음 없어.' 하고 딱 잘라 분명히 말해야 한다고 생각해. 어쨌든 막 사춘기에 접어들어서인지, 다행히 꼬겐타도 이제 더 이상 유치하게 여학생들을 괴롭히는 짓은 하지 않나 봐. 그래서 슬슬 채팅방에 초대해 줘도 되지 않을까 하는 의견도 나오고 있어.

뭐? 나도 꼬겐타한테 괴롭힘을 당했는데 혹시 나한테도 편지가 오지 않았냐고? 하하하, 안 왔어, 안 왔어.

사실 나는 유조와 단둘이서 다른 방을 만들었어. 알고 보니 유조는 평소 말수가 적은 대신 글 쓰는 걸 무척 좋아하더라고. 늘 메시지를 잔뜩 써서 나한테 보내는데, 그 내용이 얼마나 재미있는지 몰라. 맞아, 맞아 하면서 나 혼자 고개를 끄덕이며 읽곤 한다니까.

어떤 내용이 적혀 있냐고? 후훗, 그건 비밀이야.

나는 올여름 다테시로를 방문할 예정이야. 친구들과 다

시 만날 날을 손꼽아 기다리고 있어. 또 미즈하라 할머니랑 유조도 함께 만나서 여러 가지 이야기를 나누고 싶거든. 하지만 유조는 막상 만나면 또 별로 말이 없을 것 같아. 그 아이는 넓적부리황새니까.

열세 살에 히어로는 무리지만

초판 1쇄 발행 2025년 2월 15일

글 구로노 신이치 **그림** 사타케 미호 **옮김** 이미향
펴낸이 김태헌 **총괄** 임규근 **팀장** 정명순 **책임편집** 이인신 **기획** 석호주
교정교열 최미라 **디자인** dal.e **영업** 문윤식, 신희용, 조유미
마케팅 신우섭, 손희정, 박수미, 송수현 **제작** 박성우, 김정우
펴낸곳 한빛에듀 **주소** 서울특별시 서대문구 연희로2길 62 한빛미디어(주) 실용출판부
전화 02-336-7129 **팩스** 02-325-6300
등록 2015년 11월 24일 제2015-000351호 **ISBN** 979-11-6921-343-1 73830

이 책에 대한 의견이나 오탈자 및 잘못된 내용은 출판사 홈페이지나 아래 이메일로 알려 주십시오.
파본은 구매처에서 교환하실 수 있습니다. 책값은 뒤표지에 표시되어 있습니다.
한빛에듀 홈페이지 edu.hanbit.co.kr **이메일** edu@hanbit.co.kr

지금 하지 않으면 할 수 없는 일이 있습니다.
책으로 펴내고 싶은 아이디어나 원고를 메일(writer@hanbit.co.kr)로 보내 주세요.
한빛미디어(주)는 여러분의 소중한 경험과 지식을 기다리고 있습니다.

제품명 열세 살에 히어로는 무리지만 **제조사명** 한빛미디어㈜ **제조년월** 2025년 2월 **대상연령** 8세 이상
제조국 대한민국 **전화번호** 02-336-7129 **주소** 서울시 서대문구 연희로2길 62
주의사항 책의 모서리에 다치지 않게 주의하세요. *KC마크는 이 제품이 공통안전기준에 적합하였음을 의미합니다.